전생자. 딸인 나는 엄마는 정령, 아빠는 영웅,

저자 / **마츠우라**

일러스트 / keepout

엘렌
주인공. 원소의 정령. 겉모습은 어린아이, 속은 어른(이라고 믿음!).

오리진
엘렌의 어머니. 정령의 여왕. 순수하고 발랄하며 훌륭한 몸매를 가진 절세미인.

로벨
엘렌의 아버지. 전(前) 영웅. 아내 오리진과 딸 엘렌을 무척 사랑한다.

사우벨 반크라이프트
로벨의 동생. 공작가 반크라이프트 가문의 당주. 기사단 단장.

아리아
사우벨의 연인. 사우벨과의 사이에 딸 라필리아를 두고 있다.

이자벨라 반크라이프트
로벨과 사우벨의 어머니. 엘렌은 「할머님」이라고 부른다.

로렌
반크라이프트 가문의 실력 좋은 집사. 엘렌은 「할아범」이라고 부른다.

알베르트
반크라이프트 가문을 호위하는 기사. 원래는 로벨의 호위였다.

라비스엘 랄 텐바르
텐바르 왕국의 속이 시커먼 국왕. 로벨을 마음에 들어 한다.

가디엘 랄 텐바르
열두 살. 라비스엘의 아들(장남). 성실하고 언행이 부드럽다.

라스엘 랄 텐바르
아홉 살. 라비스엘의 아들(차남). 영웅 로벨을 동경한다.

아기엘 릴 텐바르
왕가가 사우벨에게 아내로 들이라고 강요한 제2왕녀. 낭비가 심하다.

인물 소개
character

프롤로그

텐바르라고 하는 왕국이 있었습니다.

행복하게 살던 어느 날, 갑자기 왕국 주변에 마물들이 넘쳐났습니다.

그에 놀란 왕국 사람들은 임금님에게 살려달라고 부탁했습니다.

임금님은 나라의 제일가는 정령 마법사에게 도움을 청했습니다.

정령 마법사는 임금님의 요청에 물론이라며 정령과 함께 마물 퇴치에 나섰습니다.

하지만, 이미 셀 수 없이 수많은 마물들이 넘쳐난 상태였습니다.

이대로는 지고 말 거라며, 정령 마법사는 마지막 힘을 쥐어짜 내어 싸웠습니다.

그는 함께 싸우던 정령에게 부탁했습니다.

"내 힘을 전부 다 써도 좋아. 네 힘을 빌려줘."

"알았어……."

함께 싸워 온 정령은 정령 마법사를 정말 좋아했습니다.

그런 그의 바람을 들어주지 않을 수 없었습니다.

이것이 마지막이 되리라 슬퍼하면서도 정령은 그의 바람을 들어주었고, 그 힘을 해방하여 수많은 마물들을 단번에 퇴치했습니다.

힘을 전부 써버린 정령 마법사는 쓰러졌습니다.

함께 싸웠던 동료들이 그를 향해 달려왔습니다.

하지만, 모든 힘을 다 써버린 그는 이미 숨이 끊어져 있었습니다.

그 사실을 슬퍼하지 않는 자는 없었습니다.

그중에서도 가장 슬퍼한 이는 정령이었습니다.

"죽게 내버려 두지 않겠어……."

눈물을 흘리며 그렇게 말한 정령은 그를 정령의 나라로 데려가겠노라 말했습니다.

정령의 나라에서 그를 살리겠다는 말을 남긴 정령은 정령 마법사와 함께 사라져 버렸습니다.

주변에 있던 동료들은 망연자실하면서도 정령에게 그를 부탁하며, 그가 무사하기를 기도했습니다.

그 후로 몇 년이 흘렀습니다.

정령과 함께 사라진 정령 마법사는 아직까지도 왕국에 돌아오지 않았습니다.

정령 마법사는 나라를 구한 영웅이 되었습니다.

왕국 사람들은 영웅이 무사하기를 계속해서 기도했습니다.

제1화 "처음 뵙겠습니다."

 소녀는 이 나라에서 유명한 그림책 이야기를 다 들은 후, 아버지에게 불쑥 물었다.

 "이 영웅님은 왕국으로 돌아왔나요?"

 "글쎄, 어떠려나?"

 소녀는 아버지의 품 안에서 고개를 갸웃거렸다. 아버지는 웃으며 물음에 답을 해주었지만, 소녀는 받아들일 수 없었다. 어째서 얼버무리는 것일까.

 소녀는 아버지를 따라서 마을의 노점을 구경하고 장을 보던 중, 노점 주인이 읽어주는 그림책 이야기를 듣게 되었다.

 "아직이야. 영웅은 아직 돌아오지 않았단다. 이 나라 사람들은 그가 무사하기를 언제나 기도하고 있지."

 노점 주인은 소녀에게 미소를 지어 보였다. 그는 여행복 차림을 한 부녀에게 이 나라에 관한 이야기를 책을 통해 들려주었던 것이다.

 이 그림책은 사실을 바탕으로 쓰인 이야기였다.

 "이거 미안하군. 딸을 위해 이야기를 들려주어 고맙네. 그 고기 꼬치구이를 두 개 주겠나?"

 "오오, 감사합니다!"

 상품을 팔기 위해 아이가 관심을 가질 법한 이야기를 들려준 것이리라 판단한 아버지는 아이 몫의 꼬치구이까지 사서 아이에게 하나를 건넸다.

"그래서, 한 번이라도 돌아왔었나요?"

소녀는 아버지에게 소곤소곤 물어보면서 꼬치구이를 덥석 물었다.

오물오물 입을 움직이면서 아버지를 보자, 마찬가지로 꼬치구이를 먹으면서 물음에 회피하듯이 시선을 확 돌리는 아버지가 보였다.

*

안녕하세요. 어찌 된 연유인지 전생하여 현재 여덟 살이 된 엘렌이라고 합니다.

설마 제가 불교라는 종교에서 말하는 윤회전생을 하게 되리라고는 생각하지 못했습니다.

다시 태어나기 전에는 일본이라는 나라에서 과학자라는 직업을 갖고 있기도 했던지라, 종교 개념과는 정말이지 아무런 인연이 없었습니다.

제가 있던 연구소에서는 신물질 발견과 새로운 소재 연구 개발을 주로 하고 있었습니다.

물질의 합성, 측정, 시험 제작 등 다양한 일을 하면서 금속화합물과 전자계 물질, 유기 전도체 등의 영향과 현상의 해명 등을 조사하여 새로운 개발로 발전시켜 나갔습니다.

다른 부서이기는 했습니다만, 새로운 원소 합성에 성공했을 때에는 연구소의 모두가 다 함께 난리법석을 피웠습니다.

거기까지는 기억이 납니다만, 어째서 제가 죽은 것인지는 전혀 기억나지 않습니다.

연구소에서 무언가 실험을 했던 것 같기도 하고, 평소처럼 밤을 새우며 연구를 한 탓에 과로로 쓰러졌던 것 같기도 합니다.

연구와 결혼한 듯한 서른 즈음의 여성이었고, 정말이지 하루하루 충실한 나날을 보냈다는 것만은 기억하고 있습니다.

아! 이야기를 처음으로 돌리자면, 방금 들은 영웅 이야기는 조금 전 시선을 피한 현세의 제 아버지 이야기입니다.

어머니는 시초의 여왕 오리진. 그리고 정령과 인간 사이에서 8년 전에 태어난 것이 바로 저입니다.

사실을 이야기하자면, 정령계로 옮겨진 아버지는 잠이 들어 버렸습니다. 하지만 약 1년 정도 후에 깨어났습니다.

눈을 뜨자마자 사건의 경과를 듣고는 「지쳤다. 돌아가도 성가시기만 할 뿐이다」라며 당분간 정령계에서 요양을 하기로 했다고 합니다. 그러던 중에 계약을 맺은 상대였던 정령왕인 제 어머니와 사랑하는 사이가 되었고, 부부의 연을 맺게 되었습니다. 정령왕인 어머니와 부부의 연을 맺으면서 아버지는 반(半) 정령화가 되었고, 그것이 원인이 되어 힘을 제어할 수 없게 되어 버렸습니다.

원래는 정령과 계약하여 정령왕에게 빌려 사용했던 힘이 있었습니다. 그것을 받아들여 자신의 힘으로 만드는 과정에서, 본래 갖고 있던 인간으로서의 마력과 뒤섞이며 거부 반응이 일어나 폭주하게 된 것입니다.

그런 상태로 인간계로 돌아가는 것은 위험했기 때문에, 이번에는 힘이 안정될 때까지 인간계로 돌아갈 수 없게 되고 말았습니다.

정령계에서 힘을 억제하기 위한 수행을 해나갔고, 그 후 제가 태어나면서 육아까지⋯⋯. 그런 상황이 겨우 진정되어 지금에 이른 것입니다.

이번에는 아버지의 힘을 인간계에 적응시키기 위해 인간계에서 수행을 시작했고, 그로부터 수개월이 지났습니다.

그렇습니다. 아버지는 이미 이 나라에 돌아와 있었습니다.

어째서 아버지의 수행에 어린아이인 제가 동행하고 있는 것인가 하면, 여기에는 저의 수행도 포함되어 있기 때문입니다.

정령과 반정령 사이에서 태어난 저는 전생(前生)의 전공과 깊은 관련이 있는 것을 관장하게 되는 운명이 되었습니다.

전생(轉生)했다는 것을 깨달은 순간, 연구했던 것을 실제로 증명해보고 싶어졌고, 「터무니없다」는 말이 붙을 정도의 일을 저질러버리고 말았던 것입니다.

뼛속까지 배어든 연구의 혼을 가진 저로서는 신경이 쓰이면 실험하는 것이 당연했습니다. 그렇지 않으면 신경이 쓰여서 잠도 잘 수 없게 되어 버립니다.

그 사건으로 인해 정령계의 차기 여왕으로서 교육을 받기 시작한 것이 두 살 때의 일입니다. 그 일은 지금도 반성하고 있지만, 연구자로서 후회는 없습니다.

정령이 실체화하기 위해서는 대정령 이상의 힘이 필요합니다만, 제 몸에는 인간의 피가 흐르고 있기 때문에 원래부터 인간의 모습을 하고 있고 인간과 같은 속도로 나이를 먹고 있습니다.

그렇다고 해도 역시 정령이기 때문인지 인간 아이의 평균보다는 몸집이 작은 편입니다. 여덟 살짜리 여자아이의 평균 신장과 비교해도 키가 너무 작은 탓에, 다섯 살 정도로 자주 오해를 받습니다.

어머니가 말씀하시길, 인간들이 말하는 열다섯 살 정도의 체격이 되면 성장이 거의 멈추게 될 거라고 합니다. 하지만 아무리 그렇다고 해도 성장이 지나치게 느린 것이 아니냐며 저는 고개를 갸웃했습니다.

하지만 그때 깨달았습니다. 아마도 전생(前生)의 제가 영향을 끼치고 있는 것이리라는……. 엄청난 꼬맹이였던지라…….

……눈치채신 대로, 동안에 볼륨도 없었습니다……. 이성에게 고백해도 여동생으로밖에 안 보인다는 말을 들었던 일과, 나란히 걸으면 범죄자 취급을 받으니 함께 외출하기 싫다는 말을 들었던 일은 살짝 트라우마입니다.

참고로 현세의 어머니는 가슴이 큽니다. 볼륨이 어마어마합니다. 아마도 A부터 따지면 여덟 번째나 아홉 번째쯤은 될 겁니다. 바라건대, 미래에 그 부분만큼은 유전자가 제대로 일을 해주기를 간절히 기도합니다.

하지만 아버지는 오히려 작아서 좋다, 언제든 안아줄 수 있지 않느냐며 항상 미소를 지으며 이야기합니다.

그래서 저도 「뭐, 상관없으려나」 싶어져서, 자주 팔을 뻗어 아버지에게 안아달라고 조르는 것이 일상이 되었습니다.

성장이 거의 멈추게 되면, 그때부터는 수십 년, 수백 년에 겨우 한 살을 먹는 속도로 성장한다고 합니다. 오랫동안, 길~게 성장해 나갔으면 좋겠습니다

그리고 정령으로서의 힘은, 엘렌이라는 이름에서 이미 눈치채셨으리라 생각합니다만 『엘리먼트(element)』에서 유래했습니다. 그렇습니다. 원소입니다.

저는 어떤 이유에서인지 원소의 정령으로서 전생한 것입니다.

정령계에서 지내던 저와 아버지는 이제 그만 인간계로 가서 힘의 제어를 배워야 할 때가 되었습니다.

그러나 아버지는 본가로 돌아가는 것은 좋지 않다고 여겼습니다. 그 이유는 바로 서두에 언급된 『그림책』에 있었습니다. 영웅이 되어버린 아버지의 귀환은 큰 소동이 될 테지요.

거기에 더해 저라는 존재도 있었습니다. 정체가 정령이라는 것을 들키면 인간에게 힘을 악용당할 우려가 있다고, 그런 염려를 느끼고 있었기 때문입니다.

저는 눈에 띄지 않도록 후드를 깊숙이 뒤집어쓰고서 아버지와 함께 세상을 유유자적, 그리고 때때로 어머니도 함께 당일치기 여행을 했습니다.

아버지의 겉모습은 꽤 미형입니다. 체격이 어느 정도 되지 않았다면 여성으로 보일지도 모릅니다.

원래는 밤색 머리카락에 푸른 눈동자였던 모양입니다만, 어머니와 부부가 되면서 은백색 머리카락과 보라색 눈동자로 변했다고 합니다.

　어머니의 머리카락은 백금색, 눈동자는 빨간색입니다. 아버지는 본래의 푸른 눈과 어머니의 붉은 눈이 섞여 보라색으로 변한 것이라 여기고 있습니다.

　제 머리카락은 아버지를 닮아 백은색입니다. 눈은 미스틱 토파즈에 가까운 색을 띠고 있습니다. 보라색을 바탕으로 각도에 따라서 다양한 색으로 변하는 신기한 색입니다.

　혹시 티타늄 조사(照射) 기술인 걸까 생각하기도 했습니다. 원리는 전혀 모르겠지만, 과학 기술의 결정 같아서 저는 제 눈동자가 무척 마음에 듭니다.

　저의 얼굴은 어머니를 똑 닮았고, 양옆의 머리카락이 바깥으로 살짝 뻗어 있는 것은 아버지의 유전자를 이어받았습니다.

　아버지가 「어릴 때의 네 어머니는 이렇게 귀여웠겠구나~」 같은 말을 하면서 저를 놀리는지라 살짝 성가신 하루하루를 보내고 있습니다.

*

　뚱한 눈으로 아버지를 바라보며 노점에서 산 꼬치구이를 함께 베어 물고 있던 때, 갑자기 뒤쪽에서 들려온 놀란 목소리에 두 사람이 돌아본 것이 일의 발단이었다.

"서, 설마…… 로벨, 님……?"

그 목소리와 함께 털썩하고 짐이 떨어지는 소리가 들렸다.

아버지의 이름이라며 엘렌이 뒤를 돌아본 그곳에는 이쪽을 아연실색한 모습으로 바라보며 입을 반쯤 벌리고 선 두 남자가 있었다.

"으앗! 큰일이야. 도망치자!"

그렇게 말한 로벨은 서둘러 엘렌을 고쳐 안아 들더니 바로 전이를 했다. 갑작스러운 상황에 엘렌은 잠시 멍해졌지만 금세 제정신을 차렸다.

"저기, 아버지. 그 사람들은 아는 사람들인가요?"

"그래…… 결국 들키고 만 건가. 어쩌지?"

이 스물일곱 살의 아버지 로벨은 태평한 얼굴로 고개를 갸웃거리더니 엘렌의 머리를 쓰다듬으면서 명랑하게 그리 말했다.

"역시 돌아가지 않았던 거군요!"

"그게, 나도 모르는 새에 유명인이 되어 버렸는걸!"

"……그랬죠. 영웅님."

"하지 마!"

양손으로 얼굴을 가리고 부끄러워 어쩔 줄을 몰라 하는 로벨의 모습에 어이없어하면서, 엘렌은 손에 들고 있던 남은 고기를 베어 물고 우물우물 씹었다.

그런 엘렌을 보고서 로벨은 자신의 손을 내려다보았다. 순간적으로 딸을 안아 들기 위해 손에 들고 있던 꼬치를 버려 버리고 말았다는 사실을 떠올렸는지, 우울하게 낙담하기 시작했다.

성가시네. 엘렌은 그런 냉정한 생각을 하고서 꼬치에 꽂힌 남은 고기를 「아~」 하는 소리와 함께 로벨에게 내밀었다.

그러자 기뻐하며 덥석 고기를 베어 무는 아버지의 모습은 어린아이가 보아도, 가족이기 때문이기도 하지만 매우 귀여워 보였다.

"아까 그 사람들은 아버지와 아는 사이인 거죠? 어째서 도망친 건가요?"

"머리카락도, 눈 색깔도 달라졌으니까 들킬 리 없다고 생각하고 있다가 깜짝 놀라서?"

"……도망치자고 선언하면서 도망친 사람이 놀랐다고요? 보통 놀랐다는 이유만으로 큰일 났으니까 도망치자고 선언하면서 도망치는 사람은 없어요. 그 시점에서 이미 뭔가 이상하다고 말하고 있는 거예요."

"그건 말하지 않는 게 약속이라고!"

"사전에 그런 약속 같은 건 안 했는걸요~."

로벨은 미형이다. 길을 걸으면 스쳐 가는 사람이 남자든 여자든 관계없이 전부 뒤돌아본다. 그런데도 눈에 띄지 않을 거라고 생각하는 점을 바탕으로 유추해 보면, 정말로 들킬 리 없다고 여기고 있는 것이리라.

엘렌은 후드를 깊게 눌러써서 얼굴을 가렸다. 부모님의 유전자는 매우 어마어마한 일을 내고 말았다. 처음 자신의 얼굴을 수경(水鏡)으로 보았을 때는 말을 잃었을 정도였다.

전생 전에는 다시 태어나면 몸매가 좋았으면 좋겠다든가, 미인이 되면 좋겠다든가, 그걸로는 부족하니까 욕심을 조금 더 부려서 나이스 보디가 되고 싶다든가, 그런 생각을 필사적으로 했었지만, 그래도 역시 정도라는 게 있었다.

　로벨은 걱정이 많은 성격이라 딸이 유괴되지 않을까 하며 늘 딸을 안고 이동할 정도였다. 다섯 살 정도밖에 안 되는 키로는 보폭이 달라 어쩔 수 없는 일이기도 했지만.

　오리진도 일단은 옆에 함께한다고 할 수 있었는데, 정령을 다스리는 정령계의 여왕이 모습을 드러내면 큰 소동이 되는지라 멀리서 지켜보는 형태를 취하고 있다. 무슨 일이 있으면 당장 전이해 올 수 있다는 것은 참으로 편리했다.

　이 세계의 시초를 담당하는 힘의 소유주는 잠시라면 모를까, 인간계에 모습을 드러내 장시간 머무르면 주변에 큰 영향을 끼치게 된다고 한다. 그런고로 로벨이 오리진을 부를 때에는 바로 달려올 수 있도록 수경으로 지켜보며 스토킹……아니, 대기하고 있었다.

　엘렌은 아직 어리기 때문에 인간계에 있어도 괜찮았지만, 부모에게 물려받은 유전자 덕분에 태어난 순간부터 빚어놓은 듯한, 인간미가 부족한 얼굴을 하고 있었다.

　인간들은 엘렌을 한번 보면 하나같이 넋이 나간 표정을 하고서, 눈이 보석인지 확인하기 위해 눈을 향해 손을 뻗어 왔다. 정말이지 두려운 존재였다.

　"뒤쫓아온 모양인데요?"

"저 녀석들은 확실하게 뒤쫓아올 거야."

옛날에 무슨 일이 있었는지, 몸을 부르르 떤 로벨은 여전히 딸을 품에 안은 채로 걸음을 옮겼다.

"아아, 따돌리기 전에 녀석들의 기억을 지워둘 걸 그랬어."

무정한 소리를 늘어놓은 로벨은 그래도 태평한 모습이었다.

아버지가 영웅이었다는 사실을 완전히 잊고 있던 엘렌은 영웅의 귀환 소식이 곧바로 나라에 보고되리라는 것은 전혀 상상하지 못하고 있었다.

그 결과 용모파기[#1]가 나붙게 되었고, 정체를 들키자마자 사람들에게 쫓겨 다니느라 지치게 되는 사태에 빠지고 말았다.

*

엄청나게 큰일이 되고 말았다.

로벨과 함께 마을을 이리저리 이동했건만, 어디를 가도 로벨의 옛 부하들이 대량으로 몰려들어서 돌아와 달라고 울면서 애원했다.

가는 곳곳마다 고개를 숙이고 울며 매달리는, 나이를 먹을 만큼 먹은 어른들을 계속 보다 보니 아무래도 측은한 마음이 들었고, 엘렌은 로벨에게 쓴소리를 했다.

"아버지가 연락도 하지 않고 지낸 탓에 모두에게 걱정을 끼쳤으니까 인사 정도는 하는 게 어떤가요? 그러면 쫓아다니는 일도 없어

#1 **용모파기** 어떠한 사람을 잡기 위하여 그 사람의 용모와 특징을 기록함. 또는 그런 기록.

지지 않을까요?"

"으음, 찔리는걸."

그 대화를 들은 부하들은 울면서 엘렌에게 감사 인사를 했다. 한편 엘렌이 「아버지」라고 말했을 때는 고함을 지르거나 깜짝 놀라워했다.

딸의 존재를 들키고 말았다며 로벨이 미간에 주름을 잡았다. 로벨은 한동안 아무 말 없이 생각에 잠겼지만, 이내 단념한 것인지 한숨을 내쉬었다.

"엘렌, 어머니한테 가 있을래? 아버지는 지금부터 적진으로 향하게 되었거든."

"가는 곳이 적진이라니, 아버지도 고생이네요. 어머니와 함께 지켜보고 있을 테니 지원 사격이 필요해지면 불러 주세요. 모녀의 위신을 걸고서, 부족하나마 천변지이를 일으키겠어요."

엘렌이 그렇게 말하자 로벨은 정말이지 믿음직하다면서 쓴웃음 섞인 미소를 머금으며 기뻐하는 기색으로 딸의 이마와 뺨에 입을 맞추었다. 그리고 꼬옥 끌어안았다. 엘렌은 아주 조금 괴로워하며 바동거렸다.

엘렌도 아버지의 뺨에 답례 키스를 했다. 일본인의 감각을 가진 탓에 초반에는 이런 행동에 큰 저항감을 느꼈었다. 하지만 습관이란 참으로 무섭다고, 지금은 그렇게 생각하고 있다.

엘렌은 로벨에게 바이바이~ 하고 손을 흔들면서 정령계에 있는 오리진 곁으로 전이했다.

전이한 곳은 정령왕이 머무는 옥좌가 있는 커다란 홀이었다. 옥좌에 앉아 있던 오리진은 바로 옆에 설치된 수경으로 상황을 전부 지켜보았던 모양이었다. 그렇다면 설명은 하지 않아도 되려나 생각하고 있는데…….

"치사해. 나도 고기 꼬치구이 먹고 싶어……."

소외되었던 오리진이 토라져 있었다.

'잠깐만. 고기 꼬치구이를 먹은 건 며칠 전 아냐?'

지금 중요한 건 그게 아니잖아! 엘렌은 태클을 걸지 않을 수 없었다.

*

엘렌이 사라진 순간, 로벨은 무표정해졌다. 희로애락을 좀처럼 드러내지 않는다는 평을 듣던, 주변의 이들이 알던 로벨이 거기에 있었다.

오랫동안 로벨의 곁을 지켰던 알베르트는 로벨이 보여주었던 자애 넘치는 아버지로서의 얼굴에 놀랐다.

로벨의 모습은 머리카락과 눈동자 색을 제외하면 10년 전과 거의 변화가 없었다. 하지만 후드를 뒤집어쓰고 있던 자그마한 어린아이는 로벨을 「아버지」라고 불렀다. 그 목소리로 여자아이라는 것을 알 수 있었다. 후드 아래로 늘어뜨린 머리카락 색은 아름답게 빛나는 은색 실 같았다. 체격을 보았을 때 다섯 살 정도 되었을까?

인간 중에 은발은 없다고들 한다. 은발은 고위 정령의 색이기 때문이다. 하지만 현재 로벨의 머리카락 색은 은발로 바뀌어 있었다. 정령계에 있던 영향인 것일까? 눈동자 색까지 바뀌어 있던 탓에 부하에게서 보고가 올라왔을 때는 사람을 잘못 본 것이리라 여겼었다.

반신반의했지만, 부하가 이름을 부르자 허둥지둥 도망쳤다는 말에 혹시나 싶어졌다. 사람을 잘못 본 것이라면 사람을 잘못 보았다고 말하면 그것으로 끝날 일이었다. 부하라는 것을 알고서 도망친 것은 아닐까 하는 생각에 이른 알베르트는 직접 만나서 확인해 봐야겠다고 마음먹었다.

하지만 실제로 눈앞에서 일어난 일들이 너무나도 예상을 벗어나서, 알베르트는 혼란스러웠다.

"로벨 님께 자제분이……?! 저, 전이?!"

"……성에 가서 인사를 하고 나면, 앞으로 너희들과는 일절 얽히지 않을 것이다."

무표정한 얼굴로 로벨이 그렇게 말한 순간, 알베르트는 제정신을 차렸다.

그 모습은 머리카락과 눈동자 색을 빼면 10년 전과 전혀 달라지지 않은 옛날 그대로였다.

알베르트는 절도 있는 동작으로 고개를 들어 로벨을 보았다. 그리고 가슴에 손을 대고 목소리를 높였다.

"반크라이프트 공작가, 그리고 저희 일동은 로벨 님의 귀환을 고

대하고 있었습니다!"

"……공작?"

"10년 전, 로벨 님의 활약으로 승작(陞爵)되셨습니다."

"아버님은 몬스터 템페스트에서 돌아가셨다. 나도 없었는데 작위가 올랐다고?"

"현재, 작은 도련님이신 사우벨 님께서 당주를 맡고 계십니다."

"그럼 딱히 그쪽으로는 가지 않아도 되겠군."

기사단 단장을 맡고 있던 전 당주는 몬스터 템페스트의 최전선에서 사망. 장남은 정령계에 간 후로 생사불명.

이제 와 집으로 돌아가 본들 그곳에 로벨이 있을 자리 같은 게 남아 있을 리 없었다. 두 살 아래의 동생은 스물다섯이라는 한창 좋은 나이다. 성인이 되자마자 집안을 이어받았을 것이다. 그렇다면 이미 9년간 영지를 다스린 셈이다. 이 나라에서는 여성이 10대, 남성은 20대가 결혼 적령기다. 짐작이지만, 다음 후계자가 없는 상황이었으니 일찌감치 결혼시켰을 것이다.

게다가 로벨의 부재에도 상관없이 승작되었다고 한다면 생각할 수 있는 것은 한 가지뿐이었다.

즉, 작위를 올리기에 걸맞은 인물이 동생의 새로운 가족으로서 본가에 있다는 뜻이다.

"아뇨, 그렇지 않습니다! 부디 돌아와 주십시오!"

"……어째서지?"

예감은 적중했다. 의심스러워하며 묻고 만 것이 파란의 시작이 되었다.

*

후작가였던 반크라이프트가는 무가(武家)였다.

당주는 대대로 기사단 단장을 맡았고 왕의 오른팔로서 칭송받았다. 10년 전의 로벨도 당시 고작 열일곱의 나이에 이례적으로 단장 보좌를 맡았었다.

그것은 무예가 뛰어났기 때문도 있지만, 로벨이 정령 마법도 다룰 수 있기 때문이라는 이유가 컸다.

반크라이프트가는 마법과는 인연이 없는 가문이었건만, 시초의 여왕인 오리진이 로벨에게 첫눈에 반하면서 세계 제일의 마력을 얻었다.

몬스터 템페스트란 그림책에도 나왔던 마물의 이상 발생을 말한다.

일반 정령 마법사가 정령에게 로벨에 관해 물어본들 제대로 된 답이 돌아올 리 없었다. 인간이 정령왕의 반려가 되었으니 당연했다.

로벨과 계약한 정령이 정령왕이라는 것도, 정령들에게는 중대 기밀이었다.

영지에 남아 있던 차남 사우벨은 당시 열다섯 살이었다. 집사나, 혹은 임시라도 집안을 돌볼 사람을 나라에서 파견해 주면 집안일이나 영지는 특별한 문제가 없으리라고 쉽게 생각했었는데, 로벨은 현재 집안 상황을 부하에게 듣고서 머리를 감싸 쥐었다.

로벨의 동생인 사우벨도 나름대로 괜찮은 검 실력을 갖고 있었다. 그러나 이 나라에서 성인으로 인정받는 나이는 열여섯 살이었고, 성인이 되기 전이었던 사우벨은 몬스터 템페스트 토벌 부대에 참가할 수 없었다.

　사우벨은 아버지와 형을 잃은 후 기사단에 입단하여 실력으로 위로 올라갔고, 현재는 기사단 단장을 맡고 있다고 한다.

　형으로서 동생의 출세에는 어깨가 으쓱해졌다. 하지만 알베르트의 말에 따르면 다른 부분에서 문제가 있다고 한다.

　'그 여자가 집에 있다고······?'

　로벨은 현기증을 느끼며 머리를 감싸 쥐었다.

　그 여자란, 로벨의 전 약혼자였던 인물을 뜻했다.

　텐바르 왕국의 제2왕녀, 아기엘. 그녀는 위로 오빠 둘과 언니가 하나 있었다. 아기엘은 다른 형제들과 나이 차이가 많이 나는 막내로, 왕과 제1왕자에게 큰 사랑을 받았다.

　몬스터 템페스트의 최전선으로 향하게 된 로벨은 「살아 돌아올지 알 수 없다」라는 이유로 그 자리에서 아기엘과의 약혼 파기를 청했다.

　아기엘이 눈물을 흘리며 약혼이 깨진 후에도 로벨의 귀환을 한결같이 기다렸다면 미담이 되었을지도 모른다.

　하지만 아기엘은 자존심이 무척이나 높고, 사치스럽고 오만한 여자였다. 성격은 최악이라는 한마디로 표현할 수 있었다.

　왕국 제일이라 칭송받을 만큼 미모가 수려했던 로벨에게 한눈에 반해, 왕명을 내세워 약혼자의 자리를 억지로 차지했다. 게다가 권력으로 약혼자가 되었음에도 사람들 앞에서는 「이 몸이 후작가에 시집을 가주는 겁니다. 감사하세요」라고 로벨을 향해 당당하게 말했다.

몬스터 템페스트 때에도 아기엘은 로벨을 데려가지 말라며 권력을 휘둘렀다. 하지만 왕국 제일의 전력을 자랑하던 로벨 없이는 이 위기를 극복할 수 없었다. 아무리 사랑하는 딸의 요구라고 해도 왕은 그 말을 들어줄 수 없었다.

몬스터 템페스트를 무사히 넘긴 희생은 컸다. 그 필두인 로벨은 목숨이 위험한 상황에 이르렀고, 요양을 위해 정령계로 가게 되었다. 몇 년은 돌아올 수 없으리라는 이야기를 들은 아기엘은 당연히 전 약혼자의 귀환 같은 것은 기다리지 않았다.

약혼을 파기당한 아기엘은 자존심에 상처를 입었다며 분개했던 것이다.

로벨의 약혼 파기를, 남겨질 자를 위한 파기라고는 전혀 생각하지 않았다.

약혼자가 사망한 경우, 이 나라에서는 미망인과 같은 취급을 받게 된다. 1년 동안은 상을 치르고, 최소 3년간은 다시 약혼하는 것도, 재혼하는 것도 불가능했다. 그렇기에 최전선에 보내지는 자가 약혼을 파기하는 것은 일반적인 일이었다. 파기한 쪽은 1년, 파기당한 쪽은 여죄가 없으면 3개월간 다음 약혼을 할 수 없는 정도에 그치기 때문이다.

그러나 항간에는 아기엘에게 혼약 파기를 청한 로벨이 윗분들의 노여움을 샀고, 그 탓에 아버지와 함께 최전선에 보내져 나라를 지키다 돌아올 수 없는 사람이 되었다는 소문이 자자하게 퍼졌다.

이후 로벨의 활약과 전말을 들은 사람들은 감동에 젖었고, 민중은 영웅의 미담에 취했다. 로벨을, 반크라이프트가를 지지하는 목소리가 높아졌다.

민중을 진정시킨다는 의미도 포함하여, 반크라이프트가는 높은 작위를 하사받았다. 아기엘은 그런 상황에 초조해졌다.

영웅의 가문이라고 칭송받게 된 반크라이프트의 명성에 눈독을 들이지 않을 여자가 아니었다. 열여섯 살이 성인인 이 나라에서 여자는 10대에 결혼하지 못하면 결혼 적령기를 놓친 취급을 받는다.

아기엘은 로벨의 귀환을 1년 동안 기다렸다. 그러다 귀환을 기대하기에는 절망적이라는 주변의 반응에, 마침 같은 해에 열여섯 살이 되어 작위를 이어받은 동생에게 관심을 갖게 되었다.

포학하기 그지없는 여자는 왕가가 반크라이프트가를 소홀히 여기고 있는 것은 아니라는 연극을 보여주기 위해……

"그래서 그 여자가 시집을 온 거라고?"

"왕명인지라 거절할 수 없었습니다……."

사우벨과 아기엘은 동갑이다. 아기엘은 자신의 결혼이 늦어진 것은 남녀 양쪽 모두가 열여섯 살이 되지 않으면 결혼할 수 없다고 하는 나라의 법 때문이라고 말하고 다녔다고 한다.

사실을 말하자면, 1년 만에 깨어났음에도 불구하고 로벨이 인간계로 돌아가지 않으려 했던 것은 아기엘 때문이었다.

모처럼 약혼 파기를 이루었는데, 이대로 돌아가 버리면 도로 아미타불이었다.

몇 년은 깨어나지 않을 거라고, 오리진이 종자에게 그리 말했다는 이야기를 듣고서, 그렇다면 아기엘이 결혼할 때까지 정령계에 머물도록 할까, 로벨은 그렇게 생각했다. 그러다 곁에서 헌신적으로 자신을 돌봐주는 존재에게 어느샌가 마음이 움직였다.

반정령화가 된 것에는 놀랐지만, 사랑스러운 존재들을 얻게 되었으니 자신은 참으로 운이 좋다고 자부하고 있었다.

하지만 동생이 다음 희생양이 되어 버렸을 거라고는 전혀 생각하지 못했다.

게다가 아기엘이 집착했던 로벨이라는 나라의 영웅이 돌아온다…… 그것은 아기엘에게 참을 수 없는 굴욕일 것이다.

"사우벨 님과 아기엘 님 사이에는 자제가 한 분 계십니다. 따님이십니다만…… 그……."

"아기엘과 똑같을 테지?"

"네…… 매우."

그 여자 옆에서 자란 아이다. 쉽게 상상이 되었다.

사우벨은 자신과 마찬가지로 아기엘을 유달리 싫어했었다.

로벨과 사우벨은 전혀 닮지 않았다. 미녀와 야수라 불렸던 부모님을 형제가 각각 닮았던 것이다.

동생은 다부진 생김새인 아버지를 닮았고, 로벨은 어머니를 닮아 여성으로 오해받을 정도로 외모가 뛰어났다.

아기엘은 어릴 적부터 아버지의 외모가 엿보였던 다부진 생김새의 사우벨을 향해 「로벨이랑은 전혀 다르네」라며 비웃던 여자였으니, 무리하게 시집을 올 거라고는 생각하지 않았었다. 그렇게나 명성을 원했던 것이냐며 로벨은 두통을 느꼈다.

아마도 다른 왕족도 그랬을 것이다. 승작했다고는 하나, 가장 중요한 로벨이 부재인 상황이었다. 작위를 올리기에 적절한 혈연도 필요하다 판단했을지도 모른다.

서로 사이가 나빴던 두 사람이 잘 지낼 리 없으리라는 것은 불을 보듯 뻔한 일이었다. 아이를 낳은 것도 단순히 의무 때문이었으리라. 귀족에게는 당연한 일들이었다.

하지만 알베르트의 입을 통해 또 다른 폭탄이 투하되었다.

"사우벨 님은 달리 마음에 둔 분을 외부에 따로 두고 계십니다. 그쪽에도 여자아이가 한 명……."

"……"

아버지와 로벨이 잇따라 사라지면서 집안을 잇게 된 것만으로도 큰 부담이었건만, 거기에 아기엘까지 더해졌다. 집에서는 마음의 평화를 얻을 수 없었기 때문이리라고 바로 이해했다.

동생의 마음은 이해가 되었지만, 이 진흙탕은 대체 뭔가 싶어 로벨은 미간을 찌푸렸다.

"아기엘 님의 낭비로 반크라이프트가는 몹시 궁한 상황입니다……."

"……내가 돌아간다고 미리 알렸을 테지?"

"물론입니다."

그렇다면 틀림없이 기다리고 있으리라며 로벨은 한숨을 내쉬었다.

자신은 아기엘을 쫓아내기 위한 수단이 되는 것인가, 그렇게 생각하자 로벨은 또다시 머리가 아파 왔다.

하지만 10년이나 동생에게 무거운 짐을 떠넘기고 있었다. 형으로서 이 정도는 해야 하리라.

너무나도 귀엽고 사랑하는 딸을 사랑하는 아내에게 보내둔 것은 정답이었다.

"……먼저 들를 곳이 있다. 그 여자를 쫓아내겠어."

그렇게 말하고서 걸음을 옮기는 로벨의 뒷모습에서 광명을 본 가신들은 기운차게 대답했다.

*

오리진과 함께 흘러가는 상황을 수경으로 지켜보고 있던 엘렌은 무심코 중얼거렸다.

"어머니, 아기엘은 어떤 사람이에요?"

"만나면 있지, 얼굴에 불덩어리를 힘껏 던지고 싶어져!"

"……지독하다는 건 잘 알았어요."

그런 사람이 당주 부인이라면 아버지의 본가는 확실히 전장이겠구나, 엘렌은 그렇게 생각했다.

로벨이 집보다도 먼저 가야 할 곳이 있다고 한 목적지는 무려 마을의 작은 교회였다.

인적이 없는 쓸쓸한 교회 문을 열자 경첩에서 녹슨 날카로운 소리가 났다.

삐걱거리는 소리와 함께 예배당에 들어가 보니, 한 남성이 청소를 하고 있었다. 그 외에는 아무도 없는 모양이었다.

"어라? 이것 참…… 이런 곳에 어쩐 일이십니까?"

신부로 보이는 40대의 남자가 빗자루를 손에 든 채로 이쪽을 향해 고개를 돌렸다. 그리고 은색 머리카락을 가진 로벨을 보고는 굳어졌다.

"서, 설마…… 영웅 로벨 님이십니까?"

인상파기가 이런 곳에까지 퍼진 것이냐며 로벨은 한숨을 내쉬었다. 하지만 로벨은 고개를 끄덕여 보이고 바로 용건을 꺼냈다.

"이 교회에서 혼인신고를 할 수 있는가?"

"……예?"

로벨의 말이 믿기지 않았던 것이리라. 뒤에 있던 알베르트도 「로벨 님?!」 하고 경악하며 소리를 질렀다.

"저쪽에서 식은 올렸지만, 이쪽에서도 증명이 필요할 것 같아서 말일세."

"로벨 님은 결혼을 하신 겁니까……?! 그러셨군요. 예, 저는 말단 신관이기는 합니다만, 혼인 증서는 낼 수 있습니다."

"고맙군."

"하, 하지만, 괜찮으시겠습니까? 로벨 님은 귀족이신데…… 왕도의 대성당이어야 하는 게……?"

"사정이 있다네. 답례는 하지. 지금 당장 혼인을 맺어주게나."

"지, 지금 당장이요?!"

"서둘러 주게."

"예, 예!"

신부는 빗자루를 내던지고 안쪽 방으로 뛰어 들어갔다.

신부가 자리를 비우자 알베르트가 로벨에게 바짝 다가섰다.

"자제분이 계신 것은 둘째 치더라도, 이미 결혼하셨다는 것은 어찌 된 겁니까?!"

"그 말 그대로의 의미. 나는 데릴사위인 셈이지."

"네에에에에?!"

경악하는 알베르트의 외침에 옆방으로 뛰어 들어갔던 신부가 「무슨 일이십니까?!」 하고 당황한 목소리를 냈다.

"괜찮네. 신경 쓸 것 없어."

알베르트는 너무나도 놀란 나머지 눈을 크게 뜨고 입을 뻐끔거리고 있었다. 그런 그를 힐끔거리며 신부는 커다란 책을 가져와 중앙의 제단에 올려놓았다.

"저기…… 로벨 님, 상대분은……?"

중대한 계약서가 되는 혼인서라는 책에 두 사람이 사인을 하는 것이 이곳의 결혼식이다.

이 책은 마법서로, 교회가 관리한다. 여기에 사인을 하면 부부로서 인정받게 되는 것이다.

"지금 부르지."

"……예?"

어리둥절해하는 알베르트와 신부를 무시한 채 로벨은 자신의 아내를 불렀다.

"오리, 와줘. 여기서 결혼식을 하자."

로벨은 인간계에서 결혼식을 올리자고 말하고 있었다.

"꺄아아아아! 로베에에엘!"

엘렌은 기뻐하며 사라지는 오리진을 배웅하며 「아빠 멋지다!」라고 말했다.

갑자기 빛과 함께 나타난 오리진은 로벨을 끌어안았다. 그 기세 그대로 두 사람은 빙글빙글 원을 그리며 돌았다.

"멋져! 인간계에서도 결혼식을 올리다니!"

"화려하지는 않지만, 허락해 줄래?"

"물론이지."

그렇게 말한 두 사람은 입을 맞추었다. 신부와 알베르트는 입을 떡 벌린 채 멍하니 그 모습을 바라보았다.

"저, 정령이 아닙니까?!"

"그래, 그렇다만."

"어머, 당신 오랜만이네?"

느긋하게 대꾸하는 오리진을 보고 알베르트는 경악한 표정을 지었다.

알베르트는 그녀가 10년 전 몬스터 템페스트 당시 로벨을 정령계로 데려갔던 오리진이라는 것을 깨달았다.

"나는 이미 오리와 부부의 연을 맺고 반정령이 되었다. 정령끼리의 결혼식이니 아무런 문제가 없다."

로벨은 그렇게 말하며 신부 쪽을 돌아보았다.

신부는 눈앞의 광경을 믿을 수 없었다.

이 나라는 여신 신앙이다.

모든 것을 내다보는 보르와 단죄하는 바르. 거기에 모든 것의 어머니라 칭송받는 오리진.

만물을 상징하는 모든 것은 전부 여신이며, 이 세계는 여신에 의해 지탱되고 있다고 가르치고 있다.

남신은 여신을 지키기 위한 수호와 투쟁을 의미하며, 여신의 곁에 있는 존재이다.

신부는 대성당에서 모시고 있는 여신상을 똑 닮은 여성에게서 시선을 떼지 못했다.

게다가 영웅을 수행한 이가 여성을 향해 정령이라고 했다. 이게 대체 어찌 된 일인지 캐묻고 싶었지만, 다정하게 서로 기대서서 이쪽을 바라보는 로벨과 오리진의 모습에 축복을 내려야만 한다는 충동을 느꼈다.

아무것도 묻지 않은 채 신부는 의연하게 앞을 바라보며 혼인서를 펼쳤다. 펜을 준비하고 축사를 소리 내어 읊었다.

그렇게 두 사람의 결혼식이 진행되었다. 서로에게 맹세하고 서류에 사인을 했다.

이 세계의 결혼식은 지구의 결혼식과 비슷하지만, 반지 교환 같은 건 없었다. 엘렌은 기념으로 무언가를 선물하고 싶다고 생각했다. 반지가 없다면 반지를 선물하자고 정한 엘렌은 교회로 전이했다.

갑자기 나타난 딸의 모습에 로벨과 오리진은 다정하게 미소를 지었고, 다른 자들은 놀란 소리를 냈다.

"아버지와 어머니께 드리는 축하 선물이에요."

그렇게 말한 엘렌은 공중에 고리 두 개를 만들어 냈다.

'원소 번호 78번 플래티넘이에요!'

"두 분 모두 왼손을 내밀어 주세요."

엘렌이 그렇게 말하자 로벨과 오리진은 의아한 표정을 지으면서도 각기 왼손을 내밀었다.

"왼손의 약지는 심장과 직결되어 있고, 창조를 상징하는 손가락이래요. 진심으로 상대를 지킨다, 사랑과 행복, 바람의 실현…… 그런 의미가 있는 반지예요."

엘렌의 갑작스러운 등장에 머릿속이 새하얘진 다른 두 사람은 그대로 두고, 로벨과 오리진은 엘렌의 말에 귀를 기울였다.

스륵, 왼손 약지에 하얗게 빛나는 물질이 휘감겼다. 그리고 거기에 눈물 한 방울 같은 것이 흘러나왔다.

'원소 번호 6번! 탄소…… 즉, 다이아몬드를 만듭니다!'

원소를 관장하는 엘렌은 화합과 구조 배열을 마음대로 바꿀 수 있는 치트 능력을 갖고 있었다.

다이아몬드와 반지를 합성하고 사이즈를 조절한 뒤, 세세한 세공을 거친 후 마지막으로 바람을 담았다.

"영원한 인연, 확실함, 청순 무구…… 그런 의미를 가진 다이아몬드에 두 사람의 축복을!"

엘렌이 반지에 담은 축복은 행복한 가정과 건강 기원, 그리고 반지를 빛나게 하는 정도였다.

그런데 갑자기 교회의 스테인드글라스에 빛줄기가 비쳐 들어와 물방울이 무지갯빛으로 빛나며 반짝반짝 춤추기 시작했다.

그것은 마치 신에게 축복을 받는 듯한 광경이었다.

"아아…… 이, 이건…….''

"어머, 바르 언니와 보르 언니가 축복을 내려주셨어!"

기뻐하는 오리진의 목소리에 신부는 깜짝 놀랐다.

"쌍둥이 여신이라고요……?!"

"다음에 인사하러 갈까?"

"우후훗, 그러게. 감사 인사를 해야겠는걸!"

로벨의 태연한 한마디에 동의하는 오리진의 모습에 신부와 알베르트는 정신을 차릴 수가 없었다.

가족의 세심한 마음 씀씀이에 흥이 오른 엘렌은 한 발 더 나아갔다.

"라이스 샤워는 없지만!"

라이스 샤워 대신 브릴리언트 컷 다이아몬드를 두 사람을 향해

뿌렸다.

후두두 쏟아지는 빛은 무지갯빛 궤도를 그리며 두 사람을 감쌌다. 두 사람은 몽환적인 광경에 매우 기뻐하는 표정을 짓고 이리 오라며 엘렌을 불렀다.

엘렌은 불러준 것을 기뻐하며 두 사람에게로 달려갔다. 로벨이 엘렌을 안아 오리진과의 사이로 들어 올렸다. 양옆에 선 아버지와 어머니에게 양 볼에 키스를 받자, 엘렌은 간지러워하며 웃었다.

"딸에게도 멋진 축복을 받다니 행복한걸."

"그러게요, 여보."

신부는 그제야 제정신을 차리고 축사의 마지막 한 마디를 자아냈다.

"혼인의 승인은 여신에게 인정받았다. 두 사람은 이로써 부부가 되었다!"

신부의 목소리에 혼인서가 빛났다. 이것으로 로벨은 오리진과 결혼했음을 인정받았다.

"고맙네, 신부. 보다시피 아내도, 아이도 특수한지라 인간계에서는 결혼식을 올리지 못할 거라 생각했었는데……. 그리고, 이 일은 비밀로 해주길 바라네. 아내나 아이가 사리 분별 못 하는 자들에게 노려질지도 모르니까 말일세."

로벨의 말에 신부는 놀란 상태에서도 끄덕끄덕 고개를 끄덕였다.

"고마워. 인간에게도 인정받는다니 기뻐."

"교회를 어질러서 죄송해요."

마지막으로 엘렌은 사과를 했다. 신랑(神廊)이라고 불리는 교회의 중앙 통로에는 엘렌이 흩뿌린 다이아몬드가 반짝이고 있었다.

그것을 마법으로 순식간에 전부 모아서 양손에 들고는 신부에게 내밀었다.

"이거, 신부님께 드릴게요. 곤란한 일이 있으면 써주세요."

엘렌은 신부가 내민 양손에 다이아몬드를 건넸고, 로벨은 답례라며 금화가 대량으로 담긴 주머니를 내밀었다.

"고맙네."

그렇게 세 가족은 미소 띤 얼굴로 중앙 통로를 지나 교회를 뒤로 했다.

남겨진 신부는 아연한 표정을 지었고, 제정신을 차린 알베르트는 중앙 통로를 밟지 않도록 조심히 옆길을 지나 세 사람의 뒤를 쫓았다.

신랑 신부가 지나간 길의 뒤를 지나는 것은 두 사람의 앞길을 짓밟아 방해한다는 의미이다. 알베르트는 예상외로 그런 의미를 알고 있었던 모양이다.

남겨진 신부는 해가 지고 교회 안이 어두워질 때까지, 양손에 다이아몬드와 금화를 든 채로 눈물을 뚝뚝 흘렸다.

교회를 나서며 엘렌은 아버지 로벨의 품에 안겨서 방긋 웃었다.

"아버지, 정말 멋졌어요!"

로벨과 함께 인간계에 내려온 지 벌써 몇 달이 지났다. 그런데도 불구하고 갑자기 교회에서 결혼식을 올리겠다고 말한 로벨의 의도

는 잘 알 수 없었지만, 분명 어떤 의미가 있으리라. 하지만 로벨은 그런 기색을 전혀 보이지 않았다.

"어? 진짜? 정말?"

딸에게 칭찬을 받고 기뻐서 견딜 수 없는지 표정이 무너졌고, 조금 전까지의 빈틈없던 멋진 모습이 어딘가로 가버렸다. 그리고 매우 유감스러운 모습이 되고 말았다.

"지금의 아버지는 매우 유감스러워요."

"어째서?!"

충격을 받은 로벨을 내버려 두고 오리진을 바라보니 남편의 팔에 기대어 무척이나 기쁜 표정을 짓고 있었다. 때때로 왼손 약지에 낀 반지를 보며 넋을 잃고 뺨을 붉히며 행복한 표정을 지었다. 그런 표정을 지어 주면 선물한 쪽으로서도 무척 기뻐진다.

엘렌은 이 가족으로 태어날 수 있어서 정말 행복하다고 생각했다.

*

교회 입구에 세워져 있던 마차로 다 함께 이동하던 도중, 엘렌은 로벨의 목에 팔을 두르고 안겨 있다가 자연스레 뒤따라오는 알베르트를 보게 되었다.

알베르트는 매우 받아들이기 힘든 듯한, 혼란스러워하는 듯한 그런 표정을 짓고 있었다.

엘렌이 빤히 알베르트를 보고 있자, 이쪽의 시선을 깨달았는지 알베르트가 움찔 어깨를 떨었다.

하지만 알베르트는 엘렌이 아무 말 없이 바라보고 있어도, 무어라 말을 걸면 좋을지 알 수 없는 모양이었다.

여기서 시선을 피하면 지는 거라고 생각하는 것인지 엘렌은 눈도 거의 깜빡이지 않고 빤히 응시했다. 그러자 로벨과 오리진이 딸의 불온한 분위기를 눈치챘다.

"엘렌, 왜 그러니? 알베르트가 신경 쓰이는 거야?"

"……"

질문을 받아도 가만~히, 정말이지 끈질기게 알베르트를 바라보기만 했다.

뭔가 할 말이 있잖아요? 라고 엘렌이 위압을 가하자, 그제야 알베르트는 그 의미를 깨달았다.

"……로벨 님, 결혼을 축하드립니다."

신하의 예를 취하며 고개를 숙이는 알베르트에게 로벨은 놀라워했고, 그리고 웃었다.

"고맙다. 알베르트."

행복해 보이는 로벨의 얼굴을 본 알베르트는 어쩐지 눈부신 듯한 표정을 지었다.

10년 만에 본 로벨의 모습에 알베르트는 당혹스러워하고 있는 것이리라. 하지만 다음 순간, 로벨은 현실로 돌아온 듯 진지한 표정을 지었다.

"그 여자를 상대하는 거다. 조심해 두는 게 제일이다."

그렇게 말한 로벨은 아내에게 엘렌을 맡겼다.

로벨의 말에 알베르트도 뭔가를 깨달은 듯 퍼뜩 놀란 얼굴을 했다.

"오리, 엘렌. 지금부터 나는 본가로 돌아가야 해. 거기서 싫어하는 여자와 만날 거야. 이쪽 상황을 수경으로 보고 있을 테지만, 무슨 일이 있어도 이쪽으로는 오지 말아 줬으면 해."

"아버지, 어째서인가요?"

"그 여자가 너희에게 무슨 짓을 할지 알 수 없기 때문이야. 그리고 나는 그 여자가 너희를 보는 게 싫어."

그렇게 말한 로벨은 엘렌의 머리를 쓰다듬었다. 그렇게까지 싫어하는 상대인 건가 싶어 엘렌은 놀랐다.

오리진의 얼굴을 올려다보니 그 상대를 알고 있기 때문인지 알았다며 웃는 얼굴로 받아들였다.

"게다가 엘렌의 존재가 알려져서 왕족과의 혼담 이야기 같은 게 나오기라도 하면 나는 참지 못하고 날뛰게 될 거야."

진심으로 싫다는 듯이 말한 로벨의 모습에 다른 모두는 어이없어했다.

"로벨 님…… 그건 약간 생각이 지나치신 게……."

"무슨 말인가! 엘렌은 이렇게나 귀엽단 말이다!"

오리진이 안고 있는 엘렌에게 덥석 안겨드는 로벨의 모습에 모녀는 「귀찮아 죽겠네」라고 말하는 듯한 차가운 표정을 지었다. 그 사실을 깨달은 로벨은 충격을 받았다.

"당신이 말하고자 하는 바는 알았어. 나는 그 여자 얼굴을 보면 불덩어리를 날리고 싶어지니까 확실하게 거절하고 와야 해?"

"그럼, 물론이지."

로벨은 그리 말한 후 오리진의 뺨에 키스했다.

무슨 일인가 싶어 엘렌이 고개를 갸웃하자, 로벨은 「어머니와 함께 보고 있으면 알 거야」라며 쓴웃음을 지었다.

"그럼, 다녀올게. 싫지만. 엄청 싫다. 격렬하게 싫어……. 오리랑 엘렌이랑 같이 저쪽으로 돌아가고 싶어……."

"무운을 빌게."

"아버지, 힘내세요!"

뭐가 뭔지는 모르겠지만 엄청나게 싫다고 말하는 로벨을 보며 함께 응원을 보낸 모녀는 정령계로 돌아갔다.

＊

아내와 딸을 배웅하고 마차에 오른 로벨은 맞은편에 앉은 알베르트에게는 시선도 주지 않고 창밖만 바라보았다.

알베르트는 10년 동안 만나지 못했던 로벨의 변화에 당혹스러워하고 있었다.

무표정하고 감정 표현을 잘 하지 않던 로벨이 그렇게나 행복해 보이는 얼굴을 하다니, 하고 당황하고 있었던 것이다.

떠오른 것은 10년 전 몬스터 템페스트로 헤어지던 순간.

아기엘의 집착에 질려 해가 더할수록 점점 더 감정을 드러내지 않게 된 로벨의 모습.

아기엘의 집착은 도를 넘었고, 그녀는 로벨의 주변을 가로막고 고립시켰던 것이다.

인간계에서 벗어나 있던 10년 동안 로벨은 인간으로서의 감정을 그 정령과 함께 되찾았다. 그리고 가족이라는 행복을 손에 넣은 것이다.

그러나 로벨이 돌아왔다는 것만으로 자신들은 소동을 벌였고, 귀환하기를 간원했으며, 로벨의 행복을 망가뜨릴 수도 있는 곳으로 향하게 했다.

결혼식에 동석하고, 알베르트는 제 생각만 했다는 사실을 깨달았다. 무엇보다 주인을 우선해야 하는 입장인데도 아기엘의 처우에 매일 고민하던 자신의 사정만 설명하고, 로벨의 행복을 망가뜨릴 수도 있다는 생각은 하지도 않았던 것이다.

"로벨 님…… 정말이지 면목 없습니다!"

갑자기 고개를 숙이는 알베르트의 모습을 보며 로벨은 한숨을 내쉬었다.

"……너희가 내몰릴 만큼, 그 여자가 제멋대로 굴고 있다는 건 알았다. 나로서도 10년간 방치해 두었다는 죄가 있다. ……신경 쓰지 마라."

나이를 전혀 먹은 것 같은 않은 로벨은 머리카락이 은색으로 바뀌었고, 그 맑은 하늘 같았던 눈동자는 노을이 번진 보라색으로 변해 있었다.

10년 전과 다르지 않은 모습이었지만, 손이 닿지 않는 곳으로 가버린 것만 같은 착각이 들었다.

마차 안은 침묵으로 가득 찼다. 이것저것 이야기해야 할 테지만, 입은 열지 않았다. 알베르트와 로벨은 그 후로도 조용히 영지로 향했다.

*

반크라이프트가의 영지로 가문의 문장이 새겨진 마차가 달려가자, 마차가 스쳐 지나갈 때마다 사람들은 설마 하며 수군거렸다.

영웅이 돌아왔다! 누군가가 그렇게 외쳤고, 사람들은 반크라이프트가를 향해 달려갔다.

저택 앞에서 마차가 멈추고 로벨이 내려서자, 사람들은 환성을 질렀다.

"로벨 님—!"

저택의 문 앞은 사람들로 가득했고, 백성들은 울면서 로벨의 이름을 불렀다.

그 모습을 본 로벨은 닫힌 문 앞까지 걸음을 옮기면서 미소 띤 얼굴로 사람들을 진정시켰다.

"오랫동안 자리를 비워 미안했다. 모두가 무탈하여 다행이구나."

사람들은 그 모습이 10년 전과 다름없는 열일곱 살의 모습 그대로라는 것을 깨달았다. 게다가 머리카락은 은색으로, 눈동자 색까지 달라져 있었다.

그 모습에 영지의 사람들은 로벨이 죽음에 이를 정도의 힘을 써서 이 땅을 지켜 주었다는 것을 실감했다.

사람들은 그 모습을 본 순간 울음을 터뜨렸고, 영웅 로벨 님이라 외치며 자신들을 지켜줘서 감사하다고 소리쳤다.

"환영에 감사한다. 이미 해도 졌으니 모두 조심해서 돌아가도록."

로벨은 미소를 지으며 등을 돌리고 저택으로 향했고, 사람들은 그 모습을 계속 지켜보았다.

저택으로 다가가자 사용인들이 전부 나와 로벨을 맞이했다.

"로벨 님, 돌아오시기를 기다리고 있었습니다."

오랫동안 이 가문에서 일하고 있는 집사는 10년이라는 세월 동안 기억에 있던 모습보다 훨씬 늙었고, 로벨의 모습을 눈에 담은 순간 눈물을 글썽였다.

어릴 때부터 의연한 모습만 보여 왔던 집사가 그런 표정을 지으리라고는 생각도 하지 못했다. 로벨은 모두에게 걱정을 끼쳤다는 사실을 깨달았다. 그래서 쓴웃음을 지으면서도 이제야 돌아왔다고 답했다.

사용인들 사이에서는 억누르지 못한 오열이 때때로 들려왔다. 하지만 누구 한 사람도 고개를 들지 않고 줄곧 예의를 갖춘 채 로벨을 맞았다.

사용인들의 모습에 로벨은 돌아왔다는 사실을 실감했다. 하지만 이 앞에는 적이 기다리고 있었다. 로벨은 미간을 찌푸리며 저택 안으로 들어갔다.

확 트인 현관 홀에 발을 내디디자 2층으로 이어진 계단 위에서 인기척이 느껴졌다.

"로벨 님이 돌아오셨다는 게 사실이야?!"

새된 불쾌한 목소리에 로벨은 미간을 더욱 찌푸렸다.

그 여자는 불타는 듯한 빨간색 드레스를 두르고, 기품이라고는 느껴지지 않는 보석을 잔뜩 몸에 달고 있었다. 액세서리가 서로 맞부딪혀 절걱절걱하는 소리가 났다.

통일감 없는 그것들은 아무리 비싼 물건이라 해도 상스러워 보였다. 게다가 금속끼리 부딪칠 정도로 착용하고 있다는 점에서 품성도 의심스러웠다.

금색 머리카락은 위로 틀어 올려 장미꽃까지 꽂았다. 지금부터 무도회에라도 가는 것일까?

10년 전 기억과 지금의 모습 중에 겹치는 부분이라고는 두통을 부르는 새된 목소리뿐이었다.

당시 열다섯 살이었던 아기엘도 포동포동했지만, 현재는 그 모습조차 흔적도 남지 않았을 만큼 살쪄 있었다. 단단히 조인 코르셋의 위아래로 튀어나온 살을 감추기 위해 옷에는 프릴이 잔뜩 달렸다. 그렇지 않아도 난색 계열은 팽창되어 보이는 법인데, 거기에 프릴의 효과가 더해져 불을 몸에 두르고 흔들리고 있는 것처럼 보였다.

계단을 내려올 때마다 흔들리는 군살과 무게가 느껴지는 발소리가 불쾌했다. 여자는 계단을 중간까지 내려오다 로벨이 있는 것을 알아챘다.

"어머, 당신은 누, 구……."

여자는 그 둥그런 얼굴에 묻힌 눈을 한껏 크게 떴다.

"어머, 어머, 로벨 님인가요?! 세상에, 모습이……!"

"너는 누구냐?"

모멸의 표정을 감추지 않고 로벨이 그리 내뱉자 여자가 깜짝 놀란 표정을 지었다.

"사우벨 님의 아내이신 아기엘 님이십니다."

"아기엘……?"

집사의 말에 귀를 의심했다. 의아한 표정으로 머리끝부터 발끝까지를 살펴보았지만, 그 어디도 기억과 일치하지 않았다.

"원형이 남아 있질 않잖아?"

"로벨 님……."

집사가 나무랐지만, 그 목소리에는 동의의 뜻이 담겨 있었다.

"어머, 어머, 변함없으시네요. 로벨 님은! 매정한 당신은 정말로 옛날과 똑같아요!"

변함없이 유감스러운 머리는 비꼬는 말조차 이해하지 못하고 제멋대로 받아들인 모양이었다.

무심코 혀를 찼지만, 그것조차도 이 여자에게는 통하지 않았다.

"기뻐라, 저를 맞이하러 와주신 거군요!"

"……무슨 말을 하는 거지?"

"아버지의 명이었다고는 해도, 당신의 동생과 결혼해야만 했던 불쌍한 저를 잊지 않고 맞이하러 와주신 거죠? 아아, 이 얼마나 멋진 일인지!"

황홀해하며 말하는 여자의 모습에 집사와 곁에 있던 메이드들이 깜짝 놀랐다.

로벨은 무표정한 얼굴로 아기엘을 응시했다. 그 옆에 있던 알베르트는 로벨의 그 모습에 점점 새파랗게 질려갔다. 실내의 분위기는 더할 나위 없이 싸늘해졌다.

"그렇지. 당신의 딸을 소개할게요! 저를 닮아서 아주 귀엽답니다. 아미엘, 내려오렴!"

2층을 향해서 소리치는 아기엘을 본 다른 이들은 믿을 수 없다는 눈을 하고 있었건만, 아기엘은 전혀 눈치채지 못한 듯했다.

수경으로 상황을 보고 있던 엘렌과 오리진은 말문이 막혔다.

아기엘이 「맞이하러 와주셨다」고 말한 순간, 오리진의 손에 불덩어리가 나타났다.

"어머니! 어머니! 그만두세요! 성이 불타요!"

당황한 엘렌은 오리진에게 꼭 매달려 그 행동을 막았다. 퍼뜩 정신을 차린 오리진은 불꽃을 끄고 엘렌을 마주 안았다.

"저 돼지가 아기엘이라는 여자야……!"

어머니의 등 뒤에서 검은 오라가 나오는 것만 같아서 엘렌은 더욱 당황했다.

"아아앗……! 어머니, 돼지에게 실례예요! 진정하세요!"

"당신 딸, 이라고……? 로벨이 사랑하는 딸은 엘렌뿐이야!"

아, 그 말 때문에 화가 난 거구나. 엘렌은 조금 기뻐졌다.

수경을 통해 보고 있던 로벨의 태도도 그렇고, 처음 본 아기엘의 모습도 그렇고, 실은 아무것도 걱정할 것 없었다며 엘렌은 가슴을 쓸어내렸다.

왕녀님이라는 말에 오리진 못지않은 절세 미녀를 상상했던 것이다.

아버지가 미인계에 빠지면 어쩌나 하고 고민했던 사실이 우스워졌다.

'어머니야말로 절세 미녀! 무엇보다 나이스 보디. 아버지는 특히 볼륨 있는 걸 좋아하신다고. 아기엘은 납작하잖아. 예전의 나랑 똑같아. 아기엘에게는 눈곱만큼도 승산이 없어. 괜찮아.'

엘렌은 납작하다고 평가를 내리고 자신도 부메랑을 맞아 대미지를 입으면서도 마음속으로 그런 생각을 했다.

전생에 엘렌은 살이 찌면 가슴도 비례하여 커지는 게 아닐까 생각하던 적이 있었다. 하지만 아기엘을 보는 한, 가슴이 분명 지방으로 구성되어 있다고 해도 상반신의 증가에 비례하여 하반신도 증가한다는 사실을 깨달았다.

'저 가슴은 등의 군살을 끌어모은 가짜야. 내 눈은 속일 수 없어!'

엘렌은 의기양양한 포즈를 취했다.

이쪽의 모습을 수경으로 지켜보며 엘렌이 그런 것으로 승패를 정하고 있는 줄은 꿈에도 모른 채, 아기엘에게 부름을 받은 딸이 2층에서 내려왔다.

그 모습은 예전의 아기엘과 똑같았다. 통통한 체형, 금발에 지나친 장식을 달았고 어린아이에게는 어울리지 않는 반지와 목걸이를 하고 있었다.

가슴께가 트인 드레스를 입었고, 허리의 잘록함을 강조하고 싶은 것인지 코르셋을 착용했다는 것도 알 수 있었다. 그러나 밀려난 살이 코르셋 위로 삐져나와 있었다.

새빨간 립스틱을 발라서 그 나이 특유의 귀여운 어린아이라는 인상 같은 것은 어디에서도 찾아볼 수 없었다. 부모가 하는 대로, 그것이 제일이라고 믿고 있는 얼굴이었다.

그 모습에는 로벨의 얼굴이 묘하게 일그러졌다. 최악인 여자가 분열한 것처럼 보였다.

"어머! 멋진 분이시네요! 어머니, 이분은 누구셔요?"

"네 진짜 아버지란다. 영웅이야. 드디어 우리를 맞이하러 와주신 거란다. 인사드리렴."

"당신이 제 진짜 아버지셨군요! 멋져라! 저는 아미엘 반크라이프트라고 합니다. 아버지!"

로벨의 아름다운 얼굴을 보고 얼굴을 붉히는 아미엘을, 로벨은 무표정하게 바라봤다.

"이건 누구지?"

"아기엘 님의 따님, 아미엘 님이십니다."

"……사우벨의 아이가 아니라는 건가?"

"……답하기 어렵습니다."

어찌 된 것이냐며 로벨은 집사를 보았다.

이 아이는 자신을 진짜 아버지라고 했다. 10년 동안이나 인간계에 없었던 자신에게 그런 기억 같은 건 전혀 없었다. 그런 행위를 저지르려 한다면 이 손으로 아기엘을 죽일지도 모른다. 오히려 그런 상대가 아기엘에게 생겼다는 쪽이 놀라웠다.

집사에게 물으니 답할 수 없다고 했다. 즉, 사우벨의 아이도 아닐 가능성이 있다는 뜻이었다.

"엄청난 해충이로군."

로벨이 내뱉은 말에 모두가 동의했다.

수경으로 보고 있던 엘렌은 무표정해졌다.

"꺄아아, 엘렌! 그만둬! 성이 무너져!"

오리진의 외침에 엘렌은 퍼뜩 정신을 차렸다.

공기 중에 포함된 원소에 고주파 진동을 일으켜, 에너지 마찰로 곳곳에서 불꽃이 파직파직 튀고 있었다.

"어머니, 죄송해요."

"괜찮아. 나도 같은 마음이니까!"

"맞아요! 아버지를 아버지라고 불러도 되는 건 엘렌뿐이에요!"

"그럼! 엘렌뿐이지!"

모녀는 서로를 꼭 끌어안았다.

"저곳에 갈 수 없다니, 얼마나 답답한지……."

"아버지와 무슨 약속을 해버린 걸까요. 천변지이를 일으킬 수 없다니."

"정말이라니까!"

동의해주는 오리진 덕분에 기분이 조금 풀렸다.

하지만 성에 대기하고 있던 다른 정령들은 그만둬 달라며 외치고 있었다.

좋은 의미로도 이 두 사람을 말릴 수 있는 것은 로벨밖에 없었던 것이다.

*

로벨이 차가운 눈으로 아기엘과 그 딸을 보고 있는데 밖에서 다급한 남자의 목소리가 들려왔다.

"형님이 돌아오셨다고 들었다!"

현관 홀로 뛰어 들어온 남자는 체격이 꽤 컸다. 수염을 기른 그 모습은 로벨의 아버지를 쏙 빼닮았다.

"……사우벨인가? 아버지와 똑같아졌구나."

돌아서며 환영하는 로벨을 본 사우벨은 말문이 막혔다.

"아니…… 형님…… 그 모습은……."

"무탈하여 다행이다. 줄곧 자리를 비워 미안하구나. 고생을 시켰어."

"아아…… 형님."

동생의 어깨를 끌어안으며 그 굽힌 등을 다정하게 두드렸다. 키는 어느샌가 사우벨에게 추월당한 모양이다. 10년이라는 세월을 느끼고 말았다.

감동의 재회였건만, 그런 두 사람을 갈라놓는, 분위기를 읽을 줄 모르는 새된 목소리가 들려왔다.

"아아, 사우벨. 마침 잘 왔어! 어서 나와 이혼해줘!"

아기엘의 말에 주변에 있던 메이드들이 술렁거렸다. 로벨과 사우벨도 불쾌한 듯 눈살을 찌푸렸다.

"……너는 변함없이 지독하군."

아기엘을 본 사우벨은 미간에 주름을 잡으며 눈을 가늘게 떴다.

"또 집안 돈을 멋대로 쓴 건가? 네 머리는 몇 번을 말해야 알아듣는 거지? 그 돈은 백성을 위한 돈이라는 걸!"

"무슨 말이야? 이 정도는 당연한 거잖아? 내가 꾸미지 않으면 이 집은 얕보여서 끝장이라고! 오히려 써주는 것에 감사해 줬으면 싶을 정도라고!"

사용인들 앞에서 당연하다는 듯이 말싸움을 시작한 두 사람을 로벨은 냉정하게 관찰했다.

두 사람의 말싸움은 일상다반사인 것이리라. 사용인들은 견디기 힘들어 보였지만 어딘가 익숙해하는 느낌이 들었다.

아이에게는 아무런 잘못도 없다고 여기고 있었지만, 아기엘의 교육이 구석구석까지 영향을 미치고 있는 것인지 아미엘 역시 사우벨을 업신여기는 눈으로 보고 있었다. 그렇다면 아기엘과 죄가 같다며 로벨은 자비를 버리기로 했다.

"사우벨, 아기엘. 집안의 수치를 떠벌리지 마라. 나중에 하도록 해."

"형님!"

"어머! 역시 로벨 님. 나를 이해해주고 계신 거야."

"이건 무슨 말을 해도 소용없다. 이해할 수 있는 머리가 없으니까."

로벨의 말에 사우벨은 그 말대로라며 한숨을 내쉬었다.

아기엘은 자신의 이야기라고는 생각도 하지 않는지, 의기양양한 얼굴을 하고서 기뻐했다. 그 자기중심적인 사고회로로 로벨이 아기엘의 편을 든 것이라 해석하고 있는 것이리라.

"사우벨, 할 이야기가 있다."

"혀, 형님……."

"로렌, 나는 내일 성으로 간다. 미리 알리러 다녀와 주게. 그리고 사법국에도."

로렌이라고 불린 집사는 허리를 굽히며 「알겠습니다」라고 답했다.

"형님, 사법국이라니……."

"네 이혼 수속이다. 아기엘은 그러길 바라고 있어."

숨을 삼키는 사우벨의 옆에서 아기엘이 기쁜 듯 환성을 질렀다.

사법국이란 교회와는 또 다른 조직으로, 문제가 발생했을 때, 마법으로 승인한 의식의 단절 등을 법에 근거하여 판단을 내리는 곳이다. 결혼은 여신에게 하는 선언이기 때문에 교회에서 올리지만, 이혼은 사법국에서 한다.

다만 이혼할 때 그 원인을 제공한 자는 모든 것을 내다보는 여신

의 힘에 의해 진실이 폭로되고, 맹세를 깬 자로서 여신에게 심판을
받게 된다.

"내일, 너희는 사법국으로 간다. 내가 입회하지."

이 자리를 지배하는 로벨의 말에 그 누구도 이의를 제기하지 않
았다.

"사우벨, 가자."

로벨은 동생을 데리고 2층으로 향했다.

*

남성 전용 응접실로 향한 로벨은 소파에 털썩 앉아 다리를 꼬았
다. 팔걸이에 기대어 두통을 참듯이 이마에 손을 얹고서 참았던
울분을 토해내듯 깊은 한숨을 내쉬었다.

"……알베르트에게 대강의 사정은 들었다."

"아아…… 저 여자가 집안에서 제멋대로 굴게 두어 참으로 면목
이 없습니다."

고개를 숙인 동생에게 로벨은 자리에 앉으라고 명령했다. 커다란
그 체격은 아버지와 똑같았다.

몬스터 템페스트 중에 곁에서 함께 싸우고, 마지막을 맞이한 아
버지의 용감한 모습을 떠올렸다. 아버지는 부하를 지키다 돌아가
셨다. 알베르트를 지킨 것이다.

아기엘을 대하는 사우벨의 다부진 모습과 집안을 지켜온 그 모

습이 아버지의 모습과 겹쳐졌다.

성정 면에서는 아버지와 조금도 닮은 구석이 없던 사우벨은 본래 유약한 성격이었다. 로벨은 옛 기억과 지금을 비교하며 그의 성장을 느꼈다.

눈 아래의 다크서클과 폭 패인 뺨에 다박나룻. 사우벨은 그 여자가 일으킨 소동에 지친 얼굴을 하고 있었다. 그것이 너무나도 마음 아팠다.

"그것도 내일까지다. 내일, 저 여자들을 쫓아낼 거다."

"……아이도 함께요?"

"네 아이가 아니라던데?"

"……모르겠습니다."

"무슨 뜻이지?"

"저 여자가 시집온 날, 자포자기 심정이 되어 술을 잔뜩 마시는 바람에……."

거기까지 들은 순간 깨달았다.

"아아, 계략에 당했군."

"그런 상황이 되면 남자라는 건 그 순간 입장이 약해진다는 것을 배웠습니다……."

아침에 일어나 보니 아기엘이 옆에 몰래 들어와 있었던 것이리라. 그걸 상상하자 소름이 돋았다.

풀 죽은 사우벨을 위로하듯이 로벨은 그의 어깨를 두드렸다.

"아기엘은 그 아이를 네 아이가 아니라고 주장했다."

"……네?"

"아마도 나와 결혼하면 내 아이가 된다고 하는 논리로 이야기한 것일 테지만. 이건 오히려 잘된 일이야."

"형님?"

"내일, 사법국으로 가면 이혼 이유를 이야기해야 한다. 그때 너는 입을 열지 마라. 알겠지?"

"무, 무슨 말씀이십니까? 그러다 제가 벌을 받게 되면……."

"그럴 리 없지 않으냐. 그 여자는 자멸할 거다. 거기에 휘말려 들고 싶지 않다면 절대 입을 열지 말아라. 알겠지?"

반론을 허락지 않는 로벨의 기세에 사우벨은 「네」 하고 대답할 수밖에 없었다.

이 이야기는 이제 끝이라는 듯이 로벨이 바로 입을 다물자, 사우벨은 찬찬히 로벨을 살펴보았다.

그 모습은 10년 전과 다르지 않았다. 아니, 달라진 곳은 분명 있었다. 머리카락과 눈동자 색이었다.

"혀…… 형님, 지난 10년 동안 어디에……."

"아, 정령계에 있었다."

"그 모습은 대체……."

"음……."

입을 다문 로벨의 반응에 물어서는 안 되는 것이었나 싶어져 사우벨은 낙담했다.

"로렌와 알베르트도 동석하지."

로벨은 그렇게 말하고 준비되어 있던 벨을 울렸다.

곧바로 모습을 드러낸 로렌에게 알베르트를 불러 오라고 지시했고, 방에 들어온 두 사람에게 이 자리에 동석할 것을 명령했다.

전원이 모인 것을 확인한 로벨은 방에 방음 결계를 펼쳤다. 도청되어서는 안 된다.

정령계의 수경은 진실을 비추는 수경이다. 결계를 펼쳐도 아내와 아이는 이쪽 상황을 줄곧 지켜보고 있을 터다.

"나는 지난 10년간 정령계에 있었다. 1년쯤 지나 깨어났지. 미리 연락하지 않은 점은 사과하마……. 이대로 돌아가면 아기엘과 억지로 결혼 당하리라 생각한 나는 인간계로 돌아가기를 거부했다."

어린 시절부터 아기엘에게 시달렸던 로벨의 괴로운 심정이 절절하게 이해되었는지 모두들 숨을 삼키고 납득하며 고개를 끄덕였다.

"설마 그 여자가 동생에게 시집올 거라고는 생각하지 못했다. 집안일을 떠맡긴 것뿐만 아니라, 그 여자까지…… 미안하다. 사우벨. 집안을 잘 지켜 주었구나."

"아, 형님!"

고개를 숙인 로벨의 모습에 사우벨은 감격했다. 이어 로벨의 표정이 돌연 부드러워졌다.

"나는 저쪽에서 사랑하는 사람을 찾았다. 결혼도 이미 했지."

로벨의 폭탄 발언에 로렌과 사우벨은 너무나도 놀란 나머지 굳어 버렸다.

"부디 때가 올 때까지는 비밀로 해줬으면 한다. 내 아내는 정령계의 여왕, 오리진이다."

말을 잃은 세 사람을 앞에 두고 로벨은 말을 이었다.

"나는 저쪽 세계에 데릴사위로 간 셈이다. 딸도 생겼지. 아내를 닮아서 아주 귀여워."

미소를 띠고 이야기하는 로벨의 모습에 세 사람은 눈을 크게 뜬 채 입을 떡 벌리고 멍하니 있을 수밖에 없었다.

그 정도로 로벨은 변해 있었다. 이토록 행복하게 웃는 모습은 본 적이 없었다.

아니, 아마도 이것이 로벨의 진짜 모습일 것이다. 아기엘 탓에 숨겨지고 말았던 로벨의 진짜 모습이 여기에 있었다.

"사우벨, 너에게도 가정이 생겼다고 들었다. 저 여자가 사라지면 그쪽을 여기로 부르도록 해라."

"네……?"

"네가 선택한 사람이라면 평민 출신이라 해도 상관없다."

혼란스러운 나머지 말을 잇지 못하는 사우벨을 보며 로벨은 웃었다.

로벨의 말은 즉, 이 가문을 사우벨에게 맡기겠다고 하는 것이나 마찬가지였기 때문이다.

"저는 당주에 걸맞지 않습니다. 지난 10년 동안 뼈저리게 느꼈습니다! 형님은 돌아와 주시지 않는 겁니까?!"

"내가 이 집을 잇는 일은 없다. ……내 모습을 보면 알 수 있을 텐데?"

아주 조금 쓸쓸한 듯 말하는 로벨의 모습에 로렌은 이미 넘쳐흐르는 눈물을 조용히 손수건으로 훔쳤다.

"나는 반정령이 되었다. 인간 세상은 인간이 움직여야만 해."

알베르트는 주먹을 쥐고 입술을 깨물고 있었다. 하지만 사우벨은 물러나지 않았다.

"하지만! 하지만 곁에는 계실 수 있을 터입니다! 인간과 정령은 공생하고 있으니까요! 부탁입니다. 저는 가족과 함께 있고 싶습니다! 더는 혼자 남겨두지 마십시오!"

사우벨의 필사적인 말에 로벨은 놀라 눈을 부릅떴다.

사우벨은 아버지와 함께 형까지 잃게 되자 망연자실했다. 하지만 슬퍼할 틈도 없이, 몬스터 템페스트의 뒤처리와 영지에 관한 공부에 쫓겼다.

어머니는 우울증에 빠졌고, 상담할 수 있는 이는 로렌뿐이었다. 그러던 차에 아기엘까지 나타나 집안을 엉망으로 만들었다.

물론 아군이 있었지만, 아기엘의 존재는 그조차도 뒤틀어버리는 결과를 만들 뿐이었다.

로벨이 어머니의 소재를 묻자 거처를 별채로 옮기고는 이쪽 일에는 일절 관여하고 싶지 않다며 밖으로 나오지 않게 되어 버렸다고 한다.

사우벨은 지난 10년 동안 가족의 협력도 얻지 못한 채 분투해 온 것이다.

"형님은 도와주지 않으시는 겁니까?! 저 혼자서는 무리입니다. 영지 사람들은 형님이 돌아오셨다며 기뻐하고 있습니다!"

"……."

분명 그러했다. 가신들이 소란을 피우는 바람에 로벨은 무대 위로 끌려나오고 말았다.

여기서 사라지면 다시 소동이 일어날 것이 분명했다. 로벨은 그 점을 어찌하면 좋을지 고민했다.

*

수경 너머에서 엘렌과 오리진은 서로의 얼굴을 마주 보았다.

"아버지, 고민하고 계시네요."

"이런, 이런. 신경 쓸 것 없는데."

"기를 불어 넣어주고 올까요? 아버지와 약속했던 그 여자는 없으니까요."

"어머, 좋은 생각인걸. 역시 엘렌이야!"

오리진은 기뻐하며 딸을 안아 들더니 전이했다.

허공에서 갑자기 나타난 여성들을 보고 사우벨 일행은 놀라서 몸을 젖혔다.

"여보. 뭘 고민하는 거야? 사랑하는 가족은 소중히 해야지."

"아버지, 그렇게 신경 쓰지 않아도 괜찮아요."

아내와 딸이 몰아붙이자, 로벨은 곤란한 표정으로 쓴웃음을 지었다.

"마음은 이미 정한 거지?"

"정말이지…… 당해낼 수가 없군."

로벨은 아내와 딸을 끌어안으며 두 사람의 뺨에 키스했다.

"그래, 알았다. 사우벨."

뭔가를 결심한 로벨은 다정한 목소리로 동생을 불렀다.

"나는 너를 보좌하마. 내가 사라지는 일은 없을 거다. 안심해라."

몬스터 템페스트에서 지켜낸 영지를, 백성을 함께 지탱해 나가자며 로벨은 그렇게 선언했다.

"아무튼, 승부는 내일이다. 알았지?"

로벨이 눈에 힘을 실으며 선언하자, 세 남자는 너무나도 기쁜 나머지 눈물을 글썽이며 그저 고개를 끄덕일 뿐이었다.

세 남자가 눈물을 겨우 그쳤을 무렵, 로벨은 아내인 오리진을 소개했다.

"소개할 필요가 있을까? 난 줄곧 당신이랑 함께였잖아."

"그것도 그런가."

"세상에…… 로벨 님이 계약하셨던 정령이 정령왕이었던 거군요."

"뭐, 보통은 놀라겠지."

"게다가 아기씨가……."

"처음 뵙겠습니다. 딸인 엘렌입니다."

숙녀로서의 예를 갖추자 로렌의 얼굴이 헤벌쭉 풀어졌다.

"이것 참, 정말이지 귀여우십니다. 어머님을 똑 닮아 매우 귀엽고, 아버님의 특징적인 머리 모양이 그대로…… 정중한 인사에 감사드립니다. 집사인 로렌이라고 합니다. 저는 부디 할아범이라고 불러 주십시오."

"할아범?"

어리둥절해하며 고개를 갸웃하자 로렌은 허허허 하고 웃으면서 인자한 얼굴을 했다.

"이것 참! 저에게 귀여운 손녀가 생긴 것 같습니다! 훌륭하십니다! 로벨 님, 오리진 님!"

"로렌, 폭주하지 마. 네 손녀가……."

아니라고 말하려는 로벨의 말을 자르며 로렌은 있는 힘껏 외쳤다.

"아뇨! 이겁니다! 이걸 오랫동안 기다렸습니다! 이것만큼은 양보할 수 없습니다!"

엘렌은 폭주하는 할아범을 지그시 바라보았다.

뭔가 폭주하고 있는 로벨을 보는 듯한 친숙함이 솟아났다.

"엘렌 님, 부디 이 할아범에게 뭐든 말씀해주십시오. 이 할아범, 힘내겠습니다!"

엘렌은 두근두근 눈을 빛내며 이쪽을 보고 있는 로렌에게 쭉 참고 있던 것을 말하기로 했다.

"할아범."

"네, 왜 그러십니까?"

"이 방, 냄새나요."

엘렌이 코를 잡고서 기운 없이 말하자 모두는 그제야 생각났다는 듯이 허둥대기 시작했다.

"방을 옮기도록 한다! 이 방은 엘렌 몸에 안 좋아!"

이 방은 남성 전용 흡연 공간이었던 것이다.

몰래 방을 이동하는 와중에 그 앞뒤 없이 돌진할 줄밖에 모르는 아기엘이 언제 이 방으로 돌격해 와도 이상하지 않다는 이야기가 나왔고, 일단 엘렌과 오리진은 들키기 전에 서둘러 정령계로 돌아가기로 했다.

특히 내일 있을 이혼 조정을 위한 증거 서류 작성 등, 이것저것 해야 할 일도 있었다.

뭔가 그런 부분은 지구와 마찬가지로 성가신 일이구나, 라고 생각하면서 엘렌은 머리를 쓰다듬는 로렌의 손길을 가만히 내버려 두었다.

"내일이 고비야. 지켜봐 주겠어?"

"물론이죠, 여보."

하지만 로벨은 오리진의 가슴에 얼굴을 묻고, 그 가느다란 허리를 감싼 채 놓아주려 하지 않았다.

아기엘과 대치한 일로 신경이 상당히 지친 모양이었다. 그 사실을 눈치챈 오리진은 웃으며 로벨을 달래 주었다. 로벨의 머리를 쓰다듬는 오리진의 모습은 모성이 넘쳐흘렀다.

하지만 엘렌의 머리는 현실을 알려주고 있었다. 어이, 어이, 어머니와 나는 돌아가는 거 아니었어? 라며 엘렌은 어이없어했다.

"아버지는 정말로 음흉하네요."

엘렌이 남자는 모두 가슴을 좋아하는 거냐며 뚱한 눈을 하고서 말하자, 흘려들을 수 없는 딸의 말에 당황한 로벨이 가슴에 묻은 고개를 들었다.

"에, 엘렌?! 어디서 그런 말을?!"

"저는 매일 매일 배움이 늘고 있습니다! 아버지는 가슴을 좋아해!"

"확실히 좋아하지만! 하지만 네 어머니 한정이야!"

"음흉하다는 걸 인정하면서 정색하다니, 아버지는 솔직하고 멋지다고 생각해요."

"어? 진짜? 멋져? 다시 한 번 말해 줄래? 엘렌!"

"음흉한 아버지는 멋져요!"

"어라?! 뭔가 순수하게 기뻐할 수 없어!"

부녀가 장난을 치는 사이, 그 모습을 지켜보던 세 남자는 멍한 표정을 짓고 있었다.

"……저게 형님이라니."

조금 복잡한 심경인 듯한 사우벨의 말에 알베르트도 동의했다.

"하지만, 저게 진짜 로벨 님일 거라고 생각합니다."

"예. 무척 행복해 보이십니다."

로벨이 딸을 붙잡고 뺨을 부비자 엘렌은 꺅꺅거리며 웃었다.

로벨은 열여덟 살 정도에서 나이가 멈춰 있어서 수염도 거의 나지 않았다. 아니, 그렇다기보다는 원래부터 거의 나지 않는 체질인 모양이었다. 본인은 「났어! 났다고! 잘 봐!」라며 역설했지만, 엘렌은 볼을 부벼도 전혀 까칠까칠하지 않아서 진심으로 다행이라고 생각했다.

어린아이의 피부는 섬세하다. 그 까칠까칠함은 아이에게 흉기나 다름없었다.

하지만 로벨로서는 까칠까칠해서 아이가 싫어한다는 것이 로망인 모양이었다.

'……나는 이해하지 못할 일이지만.'

로벨과 로렌과 마음껏 논 다음, 엘렌은 오리진과 함께 정령계로 돌아가게 되었다. 엘렌이 돌아간다는 것을 안 로렌이 무척 쓸쓸한 표정을 지었다.

"할아범, 또 올게!"

"할아범은 진심을 다해 기다리고 있겠습니다!"

헤벌쭉 표정을 무너뜨린 로렌이 너무 귀여워서 그에게 달려가 뺨에 쪽 뽀뽀했다. 바이바이~ 하고 손을 흔들며 엘렌과 오리진은 정령계로 전이했다.

*

"……로벨 님."

갑자기 빈틈없는 평소의 진지한 얼굴을 한 로렌이 이쪽을 향해 섰다. 조금 전까지 헤벌쭉 하고 표정을 무너뜨리고 있던 마음씨 좋은 노인이라고는 생각할 수 없는 빠른 변신이었다.

"멋지십니다. 훌륭하다고밖에는 말할 수 없습니다. 저토록 훌륭하고 사랑스러운 아기씨는 지금까지 본 적이 없습니다……!"

주먹을 움켜쥐고 부들부들 떨면서 눈물을 글썽이며 역설하는 로렌에게 살짝 질려 하면서도, 로벨은 「그렇지?」 하고 의기양양해졌다.

"내 딸은 세계 제일이다."

"정말이지 그 말씀대로입니다."

엘렌은 지금까지 본 적도 없을 만큼 아름다운 눈동자를 갖고 있었다.

그리고 멋진 광채를 발하는 머리카락과 여신을 똑 닮아 장래에는 분명 아름다워지리라 약속되어 있는 것이나 다름없는 사랑스러운 생김새. 그 사랑스러운 얼굴로 미소를 지으며 바라보면 이쪽은 심장까지 따뜻해진다.

"그 아이는 내 피를 이었다고는 하나, 거의 정령이다. 여덟 살이지만 성장도 늦지. 그 아이는 정령계에서도 아주 드문 존재다. 밖에는 그다지 내놓고 싶지 않은 심정이야."

"세상에…… 그렇게나 훌륭한 아기씨라니! 역시 로벨 님의 따님입니다. 게다가 아기엘 님의 따님과 같은 나이셨습니까. 다섯 살 정도인가 생각했습니다."

"내 아이와도 같은 나이인 건가."

"아, 마을에 아이가 있다고 했던가? 그렇다면 더더욱 그 여자의 아이에게는 용건이 없겠군."

아미엘과 외부에서 낳은 아이가 같은 나이라는 말에 로벨은 조금 놀랐다.

아기엘과 이혼한다고 해도 후계자 문제가 생길 경우, 아이만이라도 아버지 쪽에 남겨질 가능성이 있었다. 그걸 위한 이혼 조정이었다. 하지만 이미 사우벨에게는 다른 여성과의 사이에서 아이가 있었다.

게다가 아기엘의 아이가 사우벨의 아이가 아닐 가능성이 있는 이상, 반크라이프트가에 적을 둘 수 있을 리 없었다. 아기엘은 사용인들 앞에서 그렇게 선언하고 말았다.

아이가 아기엘을 똑 닮은 것이 다행이었다. 왕가의 피를 이었다는 증거는 될 테니까.

바꿔 말하자면, 아미엘이 사우벨과 전혀 닮지 않은 것은 다행스러운 일이라고 할 수 있었다.

"사우벨, 뭔가 질문을 받더라도 그 여자와 아이를 만든 기억은 없다고 말해라."

"······."

"기억이 없는 건 사실이다. 그건 틀림없겠지?"

"네."

"좋아."

네 남자는 내일에 대비해 서류를 조달하며 서로 보고했다. 그때, 메이드가 나타나 아기엘이 로벨과 함께 식사하고 싶어 한다는 말을 전했다.

"우리는 내일 일로 서류를 만들어야 한다. 먼저 식사하라고 말해두거라."

"알겠습니다."

로벨은 고개를 숙이는 메이드를 곁눈질하며 로렌에게 메이드와 함께 다녀오라고 지시를 내렸다.

"그 여자, 분명 짜증을 부릴 테지. 식사는 일이 마무리된 다음이라고, 내가 그리 말했다고 전해라."

"알겠습니다."

로렌은 고개를 숙이고 메이드와 물러났다.

로렌이 따라간다는 말에 메이드는 매우 안심한 표정을 지었다.

"이곳은 네 놀이터가 아니야."

로벨은 미간을 좁히며 지긋지긋하다는 듯이 내뱉었다. 반드시 그 여자를 쫓아내리라. 로벨과 사우벨은 밤늦게까지 이야기를 나누었다.

*

성에 전달된 소식에 주변은 소란스러워졌다.

『내일, 영웅이 성으로 귀환한다.』

그 말에 왕은 당황했다. 10년이나 행방불명되었던 남자가 돌아왔다.

남자의 본가는 아기엘의 존재를 이용하여 승작했다고는 하나, 로벨 본인에게 무언가 상을 내리지는 않았다.

게다가 그 본가는 이미 동생이 이어받았다. 로벨에게 상으로 무엇을 내려야 할지 왕과 측근들은 줄곧 이야기를 나누었다.

"아기엘 님은 어쩌시겠습니까……?"

갑자기 들려온 말에 왕은 머리를 감싸 쥐었다.

로벨에 대한 아기엘의 집착은 예전부터 도를 넘었었다. 늦둥이라며 어리광을 전부 받아 주었던 것이 이제 와서 후회되었다. 당주와의 사이에서 아이도 있었지만, 분명 전 남자에게 돌아가고 싶어 하리라.

"……반크라이프트가의 현 당주와는 사이가 최악이라고 들었다. 이혼 이야기를 꺼낼 테지."

"로벨 님은 10년 전에 약혼을 파기하셨습니다. 그렇기에 사우벨 님과 결혼이 가능했지요. 원래대로 돌아가는 건 로벨 님이 원치 않으실 겁니다. 심지어 동생의 아내입니다."

아기엘의 제멋대로인 행동이 도가 지나쳐 주변에서 매우 미움을 받고 있다는 보고가 들어와 있었다. 10년 전의 포상이라 칭하며 아기엘을 성으로 다시 데려가라는 말까지 나올지 모른다.

"결국 이때가 오고 말았는가……."

머리를 감싸 쥔 왕의 모습에 신하들은 아무런 말도 할 수 없었다.

왕은 라비스엘을 부르라고 무력하게 말했다.

"태자 전하를 모셔 와라!"

왕의 명령에 신하가 외쳤다.

10년 전의 몬스터 템페스트로 피폐해진 나라를 복구하기 위해 손이 가장 많이 가는 아이를 서둘러 반크라이프트가에 떠넘기고 말았다. 그 빚을 청산할 때가 온 것이다.

그렇지 않아도 반크라이프트가는 당시에 당주와 후계자를 동시에 잃었었다.

성인이 되기 전인 혼자 남은 아이가 가문과 영지를 다스리는 것은 어려운 일이리라 이해하고 있었을 터인데, 백성들의 목소리에 겁을 먹고 눈앞의 일에 사로잡혀 떠넘기고 만 것이다.

정기적으로 반크라이프트가에 적지 않은 돈을 보내고는 있었지만, 아기엘이 전부 써버리고 있다는 보고를 받았다.

심지어 그걸로도 부족하다는 듯이 집안의 돈에 손을 댔고, 현재 반크라이프트가는 아기엘 탓에 매우 곤궁한 상태라는 소문이 돌고 있었다.

아이가 생기고 나이를 먹으면 어른이 되리라 생각했었다. 그 당시 아기엘의 제멋대로인 행동은 미성년이었기에 용서받을 수 있던 일이었다.

로벨이 목격되었다는 소동이 벌어지고서야 왕은 외면하고 있던 현실을 마주했다.

바쁘다는 이유로 방치해두기만 했던 딸의 존재가 처음으로 성가시게 여겨졌다.

로벨이 성에 온다는 소문은 순식간에 퍼졌다.

역사적인 그 장면을 지켜보기 위해 사람들은 왕을 알현하기를 청했다. 그 대부분은 로벨이 귀환을 보고하는 장면을 보고 싶다고 했다.

영웅의 귀환은 매우 기쁜 일이었다. 게다가 로벨은 당시 군의 정상에 가까웠던 실력자였다.

　최근 국경 주변에서 수상한 냄새가 감돌고 있었다. 하지만 로벨의 귀환이 알려진 그 순간 그런 기색이 딱 사라졌다.

　나라의 방위에 이렇게나 영향을 주는 남자의 존재에 왕은 두려워졌다.

　알현 시간은 아직 멀었건만, 소문을 듣고서 흥분한 백성들의 모습을 병사에게 전해 들을 때마다 왕은 식은땀을 흘렸다. 다리가 떨리고 체온이 점점 떨어졌다.

　"폐하."

　자신을 부르는 소리에 왕은 무심코 움찔 몸을 떨었다.

　"라, 라비스엘……."

　라비스엘이라고 불린 남자는 싱긋 웃어 보였다.

　라비스엘은 올해로 서른둘이 되는, 텐바르 왕국의 제1왕자였다. 아이는 벌써 셋이 있었다.

　왕손에 해당하는 왕자가 둘, 왕녀가 하나. 장남이 열두 살, 장녀가 열 살, 차남이 아홉 살이었다.

　다섯 살 차이인 로벨과 처음 만난 것은 라비스엘이 열한 살이던 무렵이었다. 당시의 로벨은 여섯 살이라는 나이에도 어른 못지않은 화술을 겸비했다. 라비스엘은 로벨의 뛰어난 능력에 반해 그를 몹시 마음에 들어 했다. 후에 여동생이 그와 약혼하길 원한다고 하자 그에 힘을 보태며 로벨을 매제로 삼고자 했을 정도였다.

　정령계에 간 채로 행방불명이 되었던 로벨이 돌아왔다는 말을 듣고 라비스엘은 기분이 매우 좋았다.

그는 왕좌 바로 옆으로 걸음을 옮기더니 왕의 귓가에서 속삭였다.

"로벨은 폐하를 용서하지 않을 겁니다."

큭큭 웃는 라비스엘의 모습에 왕은 새파래졌다.

"폐하, 로벨의 힘은 이 나라에 있어 둘도 없는 중요한 것입니다. 그를 이 이상 화나게 해서는 안 되겠지요."

라비스엘의 얼굴은 웃고 있는 듯했지만 그 눈은 웃고 있지 않았다.

"그때 제가 폐하께 진언했던 것을 기억하고 계십니까? 아기엘이 하는 말을 진지하게 받아들여서는 안 된다고 했었지요. 하지만 주변의 꼬드김에 넘어간 당신은 귀찮은 일과 함께 아기엘을 반크라이프트가로 몰아냈죠."

당시를 떠올렸는지 왕은 머리를 감싸 쥐고 부들부들 떨며 아무런 말도 하지 않았다. 아니, 아무런 말도 할 수 없었다.

"로벨이 귀환해 집에 그 여자가 있는 걸 보면 어찌 될지……. 이런 사태 정도는 간단히 상상 가능했을 테죠."

반크라이프트가는 민중들에게 있어 영웅이었다.

그렇지 않아도 백성들 사이에서는 왕명이었음에도 불구하고 로벨이 아기엘의 노여움을 사서 몬스터 템페스트 최전선으로 내몰린 것이라는 소문이 돌고 있었다. 그것은 사형 선고나 마찬가지였다.

최전선에 선 당시의 당주와 후계자를 잇달아 잃었건만, 거기에 더해 그 원인을 형에게서 동생에게로 떠넘긴 왕.

그리고 아기엘의 소행 탓에 반크라이프트가는 어려운 상황에 처했다. 영지에서는 왕가에 대한 백성들의 반감이 높아졌다.

몬스터 템페스트에서 왕도를 지켜낸 가문을 왕이 소홀히 여기며 짓뭉개려 한다는 소문으로 발전할 때까지 시간은 그리 오래 걸리지 않았다.

백성들을 지킨 가문에게 어찌 이러한 대우를 하느냐며, 민중의 지지는 지난 10년 동안 상당히 낮아졌다.

"폐하, 도망갈 길은 하나뿐입니다."

웃는 낯으로 그리 진언하는 라비스엘의 목소리에 왕은 퍼뜩 고개를 들었다. 지푸라기라도 잡는 심정인 듯 필사적이라는 것을 그 표정으로 알 수 있었다.

방에는 왕과 그 아들밖에 없었다. 이 이야기를 듣고 있는 자는 아무도 없었다.

"아주 간단한 방법으로 이 위기를 벗어날 수 있습니다."

라비스엘은 입꼬리를 올렸다.

*

수경으로 보는 텐바르 왕국의 성은 독일의 3대 성 중 하나인 호엔촐레른성과 비슷할 정도로 아름다운 성이었다.

리포터가 전 세계를 여행하면서 퀴즈를 내는 방송을 무척 좋아했기에, 어릴 때부터 줄곧 시청했었다. 특히 유럽의 거리를 정말 좋아했다.

독일 남부에 있는 그 성은 산 정상에 위치하며, 주변이 구름에 감싸이면 마치 운해 속에 성이 솟아 있는 듯한 모습이 되는 것으로 유명했다.

성은 숲에 둘러싸여 있어 여름에는 나무들로 푸르렀고, 겨울이면 눈에 뒤덮여, 성에서 바라보는 풍경은 절경이었다.

텐바르성 역시 도시 중앙에 위치해 있건만, 주변은 숲으로 둘러싸여 있어 달리 찾아보기 힘든 특징을 가진 성이었다.

성은 약간 높은 언덕에 자리 잡고 있었고 숲이 그 주변을 둘러싸고 있었다. 숲을 빠져나가면 외벽이 있고, 성 바깥에 해자가 있는 거대한 규모를 자랑하는 성이었다. 숲은 성의 정원 같은 존재일지도 모른다.

엘렌은 전생에 성만이 아니라 유럽의 거리와 외국의 풍경을 정말 좋아했다. 유럽의 거리를 떠올리게 하는 이야기도 좋아했다. 그림 엽서를 사 모으거나, 갈 예정도 없는데 여행 팸플릿을 가져와 보기도 했었다.

연구자가 된 이유도 거기에서 비롯되었다. 판타지 세계 속 금속인 미스릴과 오리할콘이라는 금속에 흥미를 가졌던 탓이다.

새로운 원소가 만들어질 때마다 미스릴 같은 것도 꿈은 아니라며 기대로 설렜던 것이 떠올랐다.

'그랬는데, 지금은 정령이 되었다니……. 인생이란 무슨 일이 일어날지 알 수 없네…….'

엘렌은 멍하니 그렇게 생각했다.

오리진과 함께 사는 정령계에 있는 이 성도 종종 미아가 될 정도의 규모였다. 흥분한 나머지 두 살 때 마법을 마구 시험해 보다 결국에는 하늘을 날기에 이르고, 의기양양해져서 모험에 나섰다가 미아가 되기 일쑤였던 것이다.

부모님이 당황하여 성에 있는 정령을 총동원해 찾아 나섰던 기억이 몇 번 있었다. 탐험에 방해를 받을성싶으냐며 은밀한 행동과 증거인멸에 익숙해진 두 살짜리 아이를 상상해 보길 바란다. 모두의 한숨이 떠오르는 것은 기분 탓이다.

그런 몇 년 전의 기억을 떠올리면서 수경으로 성의 모습을 정신없이 보고 있는데, 오리진이 「적의 성을 시찰하는 거니?」라며 미소를 지었다.

'어머니, 그건 좀 지나치게 불온하지 않은가요? 저는 순수하게 즐기고 있을 뿐이에요.'

엘렌은 마음을 다잡고 로벨에게 힘내라고 응원을 보냈다.

*

"로벨 반크라이프트 님이 오셨습니다!"

병사의 목소리가 울려 퍼지며 홀의 문이 천천히 열렸다. 그곳에서 당당하게 나타난 그 모습에 사람들은 숨을 삼켰다.

10년 전 모습 그대로 나이를 먹지 않은 청년. 머리카락과 눈동자 색은 예전의 흔적이 전혀 남아 있지 않았다. 그 모습에서 몬스터 템페스트의 무시무시함을 엿볼 수 있었다.

죽을 지경에 이를 만큼 온 힘을 쏟아부은 탓에 색이 빠지고 은색으로 변한 머리카락.

정령계라는 미지의 세계를 보아온 탓에 변해버린 눈동자의 색.

긴 시간 잠들어 있던 청년은 시간이 멈추어버린 듯했다.

예전부터 소녀들이 집착을 드러낼 만큼 단정했던 생김새를 하고 있었지만, 그 모습은 더욱 갈고 닦여 있었다.

로벨은 왕의 앞까지 와서 무릎을 꿇었다.

"고개를 들라."

왕의 말에 고개를 든 로벨은 눈이 전혀 웃고 있지 않았다.

귀환을 자랑스러워하는 표정이 아니었다. 마치 적과 대치하고 있는 듯한, 그런 얼굴이었다. 그 모습에 왕을 비롯한 사람들은 흠칫 몸을 떨었다.

지금부터 좋지 않은 일이 일어나리라 예감한 것이었다.

왕의 어전에 자리한 로벨에게, 왕은 굳어진 목소리로 무사히 돌아온 것을 치하했다.

이 나라를 지켜준 것, 백성들을 지켜준 것.

로벨의 공적을 말할 때마다 왕은 자신이 한 소행의 잔혹함을 자각했다.

"뭔가 상을 내리고 싶구나. 바라는 것이 있느냐?"

"외람되지만 두 가지 정도가 있습니다……라고, 말씀드릴 만한 것도 아닙니다만."

"……말해보라."

"제 가족에 대한 왕가의 접촉 제한과 제 동생인 반크라이프트가의 당주, 사우벨 반크라이프트의 이혼 조정 자리에 친족으로서 동석해주시기를 청합니다."

로벨의 말에 주변이 술렁거렸다.

반크라이프트가는 왕가와의 관계를 끊겠다는 뜻으로 여겨지는, 하지만 그래도 어쩔 수 없는 내용이었다.

"……로벨, 그것은—."

"외람되지만."

로벨이 왕의 말을 자르자 주변이 다시 술렁였다. 왕의 말을 자르다니, 불경한 정도가 아니었다. 하지만 로벨의 분위기에 주변은 압도되었다.

로벨의 심상치 않은, 고요한 분노가 전해진 것이다.

"이혼을 요청한 것은 사우벨의 아내인 아기엘입니다."

그 말로 인해 왕가 쪽이 반크라이프트가를 버린 것이라고, 순식간에 인식이 바뀌었다.

왕가가 나라의 상징이기도 한, 군의 정상으로서 칭송받는 가문을 적으로 돌린 것이다.

그 사실에 주변 귀족들은 동요했다. 내부 항쟁 발발 선언이나 마찬가지였다. 단숨에 주변 분위기가 심상치 않아졌다.

이렇게까지 나라에 충성한 훌륭한 가문을 업신여긴 왕을 바라보는 다른 귀족들의 시선도 매우 신랄해졌다. 내일은 자신들의 차례

일 거라 여겼는지도 모른다.

로벨에게 버림받으면 국경에서 피어오른 전쟁의 불씨는 단숨에 전국으로 퍼져 가리라.

영웅의 귀환이라는 기쁘고 경사스러운 자리였을 터인데, 대체 어찌 된 일이냐며 다른 귀족들은 왕에게 설명을 요구했다.

"잠깐! 아기엘이 이혼을 요구한 이유가 무엇이냐?!"

"다른 남자에게 시집가고 싶다고 합니다."

아기엘의 부정이라고 볼 수 있는 발언에 왕은 더욱 당황했다.

"그건 바로 네가 아닌가? 로벨."

아기엘이 부부의 연을 끊길 원한 원인은 로벨에게 있다고 왕이 나무랐지만, 로벨은 웃으며 대꾸했다.

"저는 10년 전, 아기엘과의 혼약을 파기했습니다. 그것이 받아들여졌기에 아기엘은 사우벨과 결혼했죠. 저도 10년 동안 정령계에서 나오지 않았습니다. 그런데 아기엘의 아이인 아미엘은 사우벨의 아이가 아니라고, 저희 집안의 사용인을 포함한 모두의 앞에서 아기엘이 그렇게 선언했습니다."

많은 사람들 앞에서 고해진 그 말은, 이제 왕가의 망신 정도로 그칠 이야기가 아니었다.

아기엘의 부정은 반크라이프트가와는 관계가 없다는 뜻이다.

그 말에 왕은 새하얗게 질리고 말았다.

주변의 귀족들은 단숨에 반크라이프트가에 붙었다.

설명을 요구하는 귀족들의 고성에 왕은 아연실색하며 아무런 말도 하지 못했다.

하지만 왕의 앞에 서는 자가 나타났다.

"……전하."

누군가의 목소리가 주변에 울리자, 고성으로 가득했던 주위가 점점 조용해졌다.

라비스엘은 고성에 답하지 않고, 그저 당당히 서서 로벨을 가만히 바라보았다. 그 모습에 모두가 입을 다물었다. 주변이 고요해지자 라비스엘이 입을 열었다.

"왕을 대신해 내가 로벨의 말을 듣겠다. 왕은 사랑하는 아기엘의 소행에 마음 아파하고 계신다."

당당한 그 태도는 이미 왕의 관록을 갖추고 있었다. 그 모습에 로벨은 눈썹을 찌푸렸다.

"로벨, 왕가는 로벨의 주장을 받아들이겠노라 선언한다. 허나, 조금 양보해 주길 바란다."

"양보, 란……?"

"자네의 가문은 이 나라의 전력으로서 없어서는 안 될 존재다. 왕을 위해서가 아니라, 백성들을 위해서, 그 힘을 빌려주길 바란다."

애처로운 표정을 하고 간원하는 라비스엘의 모습에 주변은 순식간에 지배당했다.

그 모습에 로벨은 예나 지금이나 변함없다며 마치 벌레라도 씹은 듯한 얼굴을 했다.

왕가의 사람들 중에서 아기엘을 가장 싫어했지만, 오빠에 해당하는 『이것』이야말로 로벨의 인생 최대의 적이었다.

오리진과 함께 수경으로 상황을 지켜보고 있던 엘렌은 왕을 대신해 나온 사람이 뭔가 안 좋은 분위기를 띠고 있다는 사실을 깨달았다.

"어머니, 이 능구렁이 씨는 누구인가요?"

전하라고 불린 것을 통해 왕의 아들이라는 사실은 바로 알았지만, 주변의 동정을 부르는 태도가 꾸며낸 듯 보여 혐오감이 치솟았다.

이때, 엘렌이 수경 너머에 있는 로렌과 같은 얼굴을 하고 있었는지, 그 사실을 깨달은 오리진이 「역시 로벨의 아이야!」라며 크게 웃음을 터뜨렸다.

"이게 태자 전하. 차기 왕이라고 할까? 옛날부터 아버지가 아주 싫어했었어."

"이 사람한테서 이상한 검은 게 나오고 있지 않나요?"

엘렌이 그렇게 말하자 오리진은 놀란 표정을 지었다.

"이게 보이니? 벌써?"

"이게 뭔가요?"

"으음…… 이른 감은 있지만, 설명해두는 편이 좋겠지?"

이 텐바르성은 본래 정령의 언덕이라고 불리던 곳에 지어진 성이라고 한다.

정령이 자주 목격되던 이 언덕에 정령의 가호를 바라며 인간들이 모여들었고, 정령을 숭상하기 위해 성을 세웠다. 그 중심인물이었던 것이 텐바르 왕가의 시조였다.

"이 성의 숲에는 말이지, 정령계와 인간계를 잇는 문이 있었단다. 그래서 정령에게 마법을 부탁했을 때, 마법의 위력이 크게 상승하는 효과가 있었지. 그래서 들켰던 거야."

과연, 하고 어머니의 말에 귀를 기울이는 사이 이야기는 태자에게서 풍겨 나오는 오라 쪽으로 옮겨갔다.

"몇 대 전이더라? 그때도 아기엘 같은 게 있었어. 그때는 남자였던가?"

"……무슨 짓을 했나요?"

"정령들에게 나를 내놓으랬어."

"네?"

"정령들의 분노를 샀지."

"아……."

"축복이 아니라 저주를 받았어."

"그렇겠죠~."

그리하여 왕가의 핏줄은 정령의 분노를 사서 저주를 받았고, 정령과 계약을 맺을 수 없게 되어 버렸다고 한다. 그 저주가 저 오라라는 것이었다.

수경으로 보고 있던 왕과 아기엘에게서 이 저주의 검은 안개가 보이지 않았던 것은 원래부터 본인들이 정령에게 매우 미움을 받는 존재였기 때문이라고 한다.

저주가 있든 없든 다를 바 없다는 뜻으로, 저주 자체는 사라지지

않지만 검은 안개는 보이지 않을 정도로 옅어진 것이라고 했다.

즉, 이 안개가 보인다는 것은 그만큼 태자의 잠재능력이 높다는 뜻이었다.

"하지만 매년 정령제라는 축제는 연단다. 용서해달라고."

타국은 정령이 가져다주는 은혜를 특별히 중요시하고 있다.

하지만 이 나라의 왕족은 마법을 쓸 수 없는 약점을 짊어지고 있는 것이다.

"아아, 그래서 아버지한테 저런 말을 하며 부탁하고 있는 거군요."

"그런 거란다."

왕가로서는 마법을 쓸 수 있는 인재를 잃을 수 없다. 게다가 로벨은 정령계의 여왕을 제 편으로 둔 세계 최강이었다.

인간과 정령은 어떤 의미에서 공존하고 있다고 말해도 좋았다. 『어떤 의미』라는 것은, 인간이 정령에게 있어 『심심풀이』이기 때문이다.

"인간은 단기간에 급성장을 이루는 종족이지. 영원한 시간을 사는 정령으로서는 이렇게 재미있는 게 없단다. 좋은 의미로든 나쁜 의미로든 말이야."

오리진이 말하고자 하는 바는 안다. 하지만 인간이었던 과거의 엘렌이 보기에는 이만큼 무서운 존재가 없었다. 인간은 정령에게 있어 장난감 같은 존재일 뿐인 것이다.

변덕을 부려 재미로 인간에게 손을 빌려주는 존재.

하지만 텐바르 왕국의 인간은 그 점을 착각하고 고압적인 태도로 정령을 대하고 말았다.

"……어머니, 저도 아버지도 인간이에요."

엘렌이 조금 풀 죽어 말하자 어머니는 매우 다정한 표정을 지었다.

"……왕국에는 정령제라는 게 있단다."

"응? 좀 전에 들었어요."

"매년, 왕족은 마음에도 없는 기도를 하지. 어째서 이런 걸 하고 있는지, 어째서 정령은 우리의 목소리를 듣지 않는지."

용서를 청하는 축제에서 그런 생각을 하고 있다는 사실을 정령에게 전부 들켰으리라고는 생각지도 못하리라.

"그런 왕족 옆에 있던 게 네 아버지였단다."

큭큭 웃는 오리진을 보며 엘렌은 고개를 갸웃했다.

"그때 이미 아기엘을 싫어하고 있던 아버지는 왕족의 축사가 끝난 순간 조용하게 중얼거렸지. 마음에도 없는 짓을 하네, 하고."

축사가 끝나고 아무도 없게 된 그곳에 로벨은 잠자코 가만히 서 있었다고 한다. 그런 로벨에게 오리진은 흥미를 느꼈다.

이어서 로벨은 그때, 왕이 축사를 했던 곳을 향해서 이렇게 말했다.

『정령도 저런 자들에게 힘 같은 걸 빌려주고 싶지 않을 텐데…… 어려운 문제야.』

그렇게 근심스러운 얼굴을 한 로벨에게 오리진은 모성 본능을 자극받았고, 한눈에 반하고 말았다.

그리고 오리진은 수호하는 정령들의 제지를 떨치고 로벨의 앞에 모습을 드러냈다. 그리고 억지로 계약을 해버렸다고 한다.

"……어머니."

"왜 그러니?"

로벨은 정령 측이 되어 모든 것을 판단할 수 있는 인간이었다. 오리진은 흥미로 인해 계약을 맺고, 그 후 줄곧 그 곁에 있었다. 그리고 오리진은 로벨을 지켜보며 사랑스러워서 견딜 수 없게 되었다. 그것은 로벨도 마찬가지였다.

깨닫고 보니 부부 사이의 자랑을 듣게 되어 뚱한 눈을 하고 있던 엘렌은 묻지 않을 수 없었다.

"그 당시 아버지의 연령은요?"

"분명 인간의 나이로 일곱 살……이었던가?"

고개를 갸우뚱 기울인 오리진은 귀여웠지만, 엘렌은 무심코 소리 쳤다.

"아우우우웃—!"

수경 너머에서 설마 엘렌이 오리진에게 설교를 하고 있으리라는 것은 꿈에도 모른 채, 로벨은 인생 최대의 적과 대치하고 있었다.

"저희 집안 말씀이십니까."

라비스엘의 말은 다른 귀족으로서도 당연한 것이었다. 상황을 지켜보고 있던 귀족들도 간원하는 시선을 보냈다.

지금 로벨이 떠나 버리면 국경에서 피어오르던 불씨가 순식간에 전쟁의 불꽃으로 변해 버릴 터였다.

"그걸 정하는 건 제가 아닙니다."

어디까지나 반크라이프트가의 당주인 동생에 달렸다는 뉘앙스를 풍겼다.

로벨의 대답으로 왕가는 또 다른 궁지에 몰렸다. 아기엘의 부정이 일으킨 일의 크기는 나라를 뒤흔들 정도로까지 발전해 있었다.

"알고 있다. 폐하도 동석하시겠지만, 나도 동석하지. 아기엘의 책임은 왕가에 있다."

라비스엘의 말에 주변은 술렁거렸다.

왕가가 전면적으로 죄를 인정한 것이다. 왕족은 간단히 죄를 인정하지 않는다.

주변 이들의 눈에는 반크라이프트가가 왕족에게 이겼다는 구도가 완성된 듯 보였다. 하지만 이 상황에 로벨은 혀를 차지 않을 수 없었다.

사죄하고 있는 쪽을 용서하지 않는 행위는, 제삼자에게 빈축을 살 수 있는 행위인 것이다. 로벨뿐이었다면 신경도 쓰지 않을 테지만, 여기에는 사우벨의 앞날이 걸려 있었다.

짜증을 겨우 억누르면서 로벨이 말했다.

"다음 이야기는 사법국을 통해서 하지요."

"그래. 이번에는 고생 많았다."

라비스엘의 말에 예를 갖추고 로벨은 그 자리에서 물러났다.

그 모습이 보이지 않게 된 순간, 상황의 흐름을 지켜보고 있던 귀족들은 혼란에 빠졌다.

왕가와 반크라이프트가는 아기엘 탓에 결별 위기에 처했다.

온 나라에 순식간에 소문이 퍼지고 말았다.

알현의 자리를 숨어서 지켜보고 있던 동생 사우벨은 한숨을 내쉬었다.

"역시 형님이시군……."

왕족 앞에서 조금도 물러서지 않는 태도로 대화를 끌고 가던 모습에 감탄했다. 그 자리에 있던 것이 자신이었다면 확실하게 분위기에 삼켜지고 말았을 것이다.

로벨은 거짓은 일절 말하지 않았다. 하지만 아기엘의 의도와는 전혀 다른 방향으로 사태를 진전시키고 있었다.

그 자리를 지배하면서 주위의 심리를 조종하고, 의도한 대로 상황을 진행시키는 대담한 행동은 그리 간단히 할 수 있는 일이 아니다.

하지만 로벨은 맹세했다. 사우벨을 보좌하겠노라고.

힘을 빌려주는 것은 반크라이프트가 당주에게 달렸다는 뉘앙스를 풍긴 그것은, 사우벨의 입장을 순식간에 부동의 것으로 만들어 버렸다.

아기엘의 부정과 횡포에 지금까지 제멋대로 휘둘렸던 당주. 형이 나타나고서야 겨우 반격에 나서는 것이냐며 일부에서는 비웃음을 당하리라. 하지만 로벨이 해준 한마디는 그것들을 단숨에 지워버렸다. 왕가의 행동에 따라 반크라이프트가는 왕가를 저버릴 수도 있다고 선언한 것이나 마찬가지였기 때문이다.

하지만 왕가 측에서도 반격을 해 왔다.

로벨에게 버림받으면 이 나라는 주변 여러 나라들로부터 단숨에 공격을 받게 될 것이다.

제 몸의 안위밖에 모르는 귀족들은 단숨에 도망칠 테고, 남겨지는 것은 대항할 방법이 없는 백성들일 터였다.

반크라이프트가는 줄곧 백성을 지켜온 가문이었다. 전하는 그것을 예측하고 사죄를 청한 것이다.

로벨에게 버림받으면 이 나라는 끝난다. 그렇게 되면 백성들은 어찌 될 것인가.

백성을 인질로 삼은 것이나 마찬가지였다.

궁지에 처한 상황까지 이용하여 전하는 상황을 훌륭하게 진전시켰다. 로벨이 저건 적이라며 싫어하는 이유를 사우벨도 이해할 수 있을 것 같았다.

로벨의 알현이 끝났을 무렵, 참석을 허락받지 못했던 아기엘이 별실에서 딸과 함께 짜증을 부리고 있었다.

로벨의 알현은 영웅을 한번 보려 하는 귀족들로 넘쳐난 탓에 인원수가 한정되었고, 당주 한 사람만 참가를 인정받았다.

"어째서 내가 동석하지 못하는데?!"

나는 왕녀야! 사사건건 소리치는 아기엘에 편승하여 아미엘까지 메이드에게 마구 화풀이했다.

"아버지의 알현에 참석하지 못한다니 너무해!"

아기엘은 풀 죽은 아미엘에게 위로하듯 다가가 딸이 이렇게나 슬퍼하고 있는데! 하며 소리쳤다.

"죄송합니다. 로벨 님의 알현은 가문당 당주 한 사람만으로 제한되어 있는지라……"

"무슨 말을 하는 거야?! 나는 이 나라의 왕녀야! 남편의 알현에 입회하는 건 당연하잖아!"

남편이라는 말에 대응에 나섰던 기사와 메이드는 서로의 얼굴을 바라보며 혼란스러워했다.

"……죄송합니다. 반크라이프트가의 당주님은 현재 별실에서 대기하고 계시며, 로벨 님의 알현에는 참석하지 않으셨습니다."

"뭐라고?!"

그 말에 아기엘은 눈을 부릅떴다. 여전히 아기엘의 아내인 탓에 알현에 참석하지 못한 것인지도 모른다며 입술을 깨물었다.

사법국으로 먼저 가서 이혼을 해야 했다며 들고 있던 부채를 바닥에 내던졌다.

*

라비스엘은 사법국에서 온 담당자를 부르고, 성의 별실에서 대기하고 있던 아기엘을 불렀다.

방으로 들어서는 아기엘의 뒤에서 아미엘이 나타나자 어른들은 동요했다.

"이러한 자리에 아이를 데려오다니……"

"무슨 말이야? 이런 자리이기 때문이잖아? 그렇지? 아미엘."

"네. 어머님."

의기양양한 표정을 짓는 두 사람의 모습에 다른 이들은 이해할 수 없다는 얼굴을 했다.

"아기."

"라비스 오라버니!"

"아미엘도 오랜만이구나."

"네."

라비스엘은 아미엘의 머리를 쓰다듬었다. 그런 그들의 모습은 본가에 놀러 온 가족 그 자체였다.

그때, 사법원이 이쪽으로 모여달라며 재촉을 했다.

"아미엘, 여기는 아기엘과 사우벨이 대화를 나누는 자리가 될 테니 이쪽으로 오려무나."

"네."

라비스엘의 지시에 순순히 따르는 아미엘을 보고 있자니, 원래는 순순한 성격이라는 것을 알 수 있었다.

지금부터 눈앞에서 일어날 일에 견딜 수 있을 것인가. 다른 어른들은 가엾게 여기는 눈으로 아미엘을 바라보았다.

"지금부터 개정합니다."

사법원의 목소리에 사우벨과 아기엘이 마주 섰다. 서로를 노려보는 모습에 다른 이들은 그들의 이혼을 실감했다.

"이 법정은 아기엘 반크라이프트의 청에 의해 개정되었습니다.

그것이 틀림없습니까?"

"틀림없습니다."

"사우벨 반크라이프트는 이 개정에 이론이 없습니까?"

"없습니다."

"좋습니다. 아기엘 반크라이프트는 남편 사우벨과의 이혼을 바라고 있습니다. 그 이유는 다른 남성에게 가기 위해서라고 들었습니다만…… 틀림없습니까?"

"흥, 맞아. 당연하잖아?"

당연하다고 말하는 아기엘을 향해 사법원이 미간을 찌푸렸다. 하지만 아기엘은 그 사실을 깨닫지 못했다.

질문에 대한 아기엘의 답은 전부 기록되고 있었다.

"아기엘 반크라이프트. 당신은 신에게 맹세한 선언을 깬 죄로 인해, 죄인으로서 앞으로 일절 결혼 선언이 불가능합니다."

"뭐……? 무슨 뜻이야?!"

"당신은 서로를 지지하겠다는 서약을 깼습니다. 남편이 있음에도 불구하고 다른 남성을 사모하고, 부정의 증거가 되는 아이를 가졌으며, 과도한 낭비는 서약을 깨기에 합당합니다."

"무슨 말을 하는 거야?! 나는 약혼자에게 돌아갈 뿐이라고!"

"……약혼자?"

"로벨 반크라이프트 말이야!"

그 말에 사법원은 의아하다는 표정을 감추려고도 하지 않았다.

"그것은 파기되었습니다. 게다가 로벨 님은 10년 동안 이 인간계에 돌아오지 않았다고 들었습니다만…….”

“나를 맞이하러 온 게 당연하잖아!”

당당하게 말하는 아기엘의 주장에 사법원은 눈을 동그랗게 떴다.

“로벨 님, 이건…….”

“나는 아기엘을 맞이하러 오지 않았습니다. 정령계와 인간계는 가로막혀 있습니다. 이번에 본가로 돌아왔을 때, 그때 처음으로 아기엘이 동생과 결혼했다는 것을 알았습니다.”

“아아…….”

사법원이 아기엘에게 보내는 시선이 조금 달라진 듯했다.

아기엘의 소문은 이미 들어 알고 있었던 것이리라.

“무슨 말이야! 로벨 님은 나를 잊지 못한 거야. 그런 것도 몰라?!”

여기까지 오면 아기엘이 얼마나 비정상적인지 잘 알 수 있었다.

한숨을 내쉬는 로벨과 사우벨에게는 동정의 시선이 보내졌다.

“신경 쓰지 말고 진행해 주시지요.”

“알겠습니다.”

아기엘의 주장을 무시하고 사법원은 계속해서 아기엘의 죄상을 소리 내어 읽었다.

그것을 듣고 있던 아기엘의 안색이 점점 나빠졌다.

“고로, 사우벨 반크라이프트와 아기엘 반크라이프트의 이혼 조정은 이로써 결정되었습니다.”

“거짓말이야! 기다려, 내가 로벨 님과 결혼하지 못한다는 게 무슨 말이야?!”

아기엘의 외침은 사법원의 선언과 함께 발동된 서약의 마법에 의해 지워졌다.

아기엘의 양팔이 빛났고, 가시나무와 닮은 문양이 떠올랐다. 그것은 멍 자국이 되더니 마치 양팔을 구속하는 수갑 같은 형태를 자아냈다.

"이게 뭐야?!"

"여신 바르의 단죄다. 너는 지금부터 다른 남성과 결혼은커녕, 닿을 수조차 없다."

"뭐라고?!"

아기엘이 로벨을 향해 도와달라고 외치며 달려갔다.

"로벨 님!"

로벨에게 매달리려 했던 아기엘은 갑자기 벽 같은 무언가에 부딪혀 쓰러졌다.

게다가 작은 전격 같은 것이 빠직하는 소리를 내면서 아기엘을 향해 떨어졌다.

"꺄아아!"

"어머님!"

그 모습을 차가운 눈으로 보고 있던 로벨이 내뱉었다.

"접근하지 말라는 말을 지금 막 들은 참이지 않나?"

그러자, 지금까지 줄곧 잠자코 지켜보고 있던 왕과 라비스엘이 아기엘의 곁으로 갔다.

"아기엘…… 이토록 어리석었을 줄이야……."

"아버님! 이건 뭔가 잘못된 거예요!"

왕은 아기엘의 주장을 무시하고 사우벨에게 다가갔다. 마주 선 왕은 사우벨에게 고개를 숙였다.

"딸이 면목 없는 짓을 했네……."

지친 듯한 그 얼굴에 사우벨은 아무런 말도 할 수 없었다.

사우벨은 순식간에 늙어버린 듯한 왕의 모습을 보며 얼굴에는 드러내지 않았지만 내심 놀라고 있었다.

"내 실수일세…… 자네에게 시집보내면 조금은 얌전해질 거라고 과신해버렸네……."

"나도 사죄하지. 여동생이 이렇게까지 어리석을 거라고는 생각하지 못했다."

"아버님?! 오라버니?! 무슨 말씀이세요?!"

"아기엘, 잠자코 있어라. 사우벨, 이 아이는 앞으로 내가 고삐를 잡고 있겠네. 아직 외부에는 알리지 않은 이야기네만, 나는 이 소동의 책임을 지고 왕위에서 물러날 예정이야. 정말로 미안했네……."

"유감이구나, 아기. 아버님을 여기까지 몰아넣다니."

"무슨…… 대체 무슨 말씀이세요……?"

자신의 상황을 여전히 이해하지 못한 아기엘은 불안해하며 주변을 둘러보았다.

하지만 자신에게 신랄한 시선을 보내는 자들밖에 없었다. 그나마 나은 것은 곤란스러워하고 있는 딸 정도였다.

"아버님…… 아버님은 이 아미엘을 버리시는 건가요?"

아미엘이 눈물을 글썽이며 호소하자 로벨은 미소 띤 얼굴로 말했다.

"나는 네 아버지가 아니란다."

"네?"

"너는 내 동생의 아이도 아니야. 아기엘이 다른 남자와 만든 아이다. 진짜 아버지에 관해서는 네 어머니에게 들으려무나."

"……네?"

"너는 왕가의 피를 이었으니 앞으로는 그쪽에서 너를 돌봐줄 거다."

"……그럴 수가."

믿을 수 없다며 아연실색하는 아미엘을 내버려 둔 채 로벨은 방을 나섰다.

그 뒤를 따르던 사우벨은 마침 생각났다는 듯이 태연하게 말했다.

"아기엘, 네가 지금까지 쓴 경비는 왕가에 청구하겠다. 네 물건은 이쪽에서 보낼 테니 우리 집에는 두 번 다시 오지 말도록."

그렇게 내뱉고서 사우벨은 방을 뒤로했다.

*

수경으로 지켜보고 있던 모녀는 상황이 무사히 정리되었다며 안심했다.

"생각했던 것보다 간단히 끝났네요."

"그러게……."

무언가 납득이 되지 않는지 생각에 잠긴 오리진을 보며 엘렌은 고개를 갸웃했다.

"왜 그러세요?"

"우음~. 그 도련님이 잠자코 상황을 지켜보고 있던 게 말이지…… 뭔가 있을 것 같은데……."

"아, 그 능구렁이 씨 말인가요?"

"……능구렁이라니, 무슨 뜻이니?"

"속이 새까맣다는 거예요! 의미는 나쁜 꿍꿍이를 갖고 있는 사람이랄까, 음험하고 심술궂은 사람을 뜻해요."

그렇게 말하자 오리진이 큰 웃음을 터뜨렸다.

*

라비스엘은 자신의 방에서 와인을 따르며 아무도 없을 터인 등 뒤를 향해 말을 건넸다.

"자네도 마시겠나?"

"……용케 눈치채셨습니다."

갑작스러운 말에 로벨은 조금 놀랐다.

"잔에 자네의 모습이 비쳤을 뿐이야. 우리 왕족이 정령의 힘을 빌릴 수 없다는 것쯤은 알고 있지 않나?"

라비스엘은 그렇게 말하면서 와인을 입에 머금었다.

"……생각대로 되어 만족하십니까?"

로벨의 말에 라비스엘은 소리 내어 웃었다.

"만족하지. 방해였던 아버지도, 여동생도 멀리 보내 버렸으니 말이야. 문제였던 건 자네의 귀환이 늦었던 것 정도려나?"

"돌아올 생각은 없었지만 말이지요."

"그래, 들었네. 그쪽에서 가정을 꾸렸다지?"

라비스엘의 말에 로벨은 미간을 찌푸렸다.

"무척 귀여운 딸이 있다는 말을 듣고 신경이 쓰였지. 어떤가? 내 아들과 만나게 하는 건."

"거절합니다."

가차 없이 내뱉는 로벨의 말에 라비스엘은 웃었다.

"아기엘을 동생에게 시집보낸 일을 마음에 두고 있는 건가? 나는 말리려 했다고."

"과연 어떨까요. 그 아기엘이 술에 취해 잠든 동생의 침실에 숨어드는 꾀를 낼 수 있을 거라고는 생각하지 않는지라. 제가 없는 저희 가문 따위, 당신이라면 여동생과 함께 뭉개버리려 했을 것 같군요."

"아하하핫!"

재미있어서 견딜 수 없다는 듯이 라비스엘은 웃었다. 사우벨의 불행은 명백하게 이 오라버니가 훈수를 둔 탓이라는 사실을 곧바로 이해했다.

"네가 데릴사위가 되었다는 건 예상외였어……."

"유감이로군요."

"정말이야. 자네를 매제로 삼고 싶었는데."

"불쾌하기 그지없군요. 아무튼, 포상에 관한 것은 잊지 마십시오. 제 가족에게는 접촉을 말아 주십시오."

"……흠."

로벨의 말에 라비스엘은 한숨을 내쉬었다.

"이번에는 물러나지. 아기엘 건도 있으니."

"앞으로도, 입니다. 전하."

그렇게 말하고서 로벨은 전이해 사라졌다.

아무도 없게 된 방에서 라비스엘은 혼자 웃었다.

*

저택으로 돌아온 로벨을 맞이한 것은 알베르트였다.

"어서 오십시오."

"사우벨은?"

"먼저 돌아오셨습니다. 오늘은 연회라며……."

"알베르트."

"네. 무슨……."

"이 가문을 위한 것이었을지는 모르지만, 이 이상 내 역린을 건드리지 마라."

"……."

"주인을 구별하지 못하겠다면 사우벨 곁을 떠나라. 당분간 근신하도록."

"……알겠습니다."

고개를 숙인 채 미동도 하지 않는 알베르트를 지나쳐 로벨은 저택 안으로 들어갔다.

로벨이 현관 홀로 들어선 순간, 눈앞에는 사우벨과 나이 든 로벨의 어머니가 있었다.

어머니의 어깨를 부축하고 있던 사우벨은 이쪽을 보고 미소 지었다.

"어머님!"

"아아, 이 무슨…… 로벨, 너로구나!"

로벨은 어머니 이자벨라와 감동의 포옹을 했다. 사용인과 메이드들은 눈물을 흘리면서 박수를 쳤다.

"용케 무사히…… 아아, 하지만 이렇게 달라지다니……."

이자벨라는 로벨의 눈동자를 들여다보며 머리를 쓰다듬었다. 머리카락 색이 빠져버린 것처럼 보였는지 가슴 아픈 듯 눈을 가늘게 떴다.

"오랫동안 자리를 비워 죄송합니다."

"네가 그냥 그랬겠니. 그 여자와 결혼시키리라 생각하고 돌아오지 않는 걸지도 모른다고, 그렇게 이야기했었단다."

"다 알고 계셨군요. 그것참."

"하지만, 설마 그 여자가 사우벨한테 시집을 거라고는 생각도 못했단다. 사우벨에게 들었다. 네가 쫓아내 주었다고."

"네. 본가에 돌아와서까지 그 여자를 보고 싶지는 않았으니까요."

"그러게나 말이다."

눈물을 흘리며 미소 짓는 이자벨라에게 손수건을 건네고 자리를 옮기자고 했다.

"모두들, 오늘까지 잘 견뎌주었다! 그 여자는 왕가로 돌려보냈다. 형님도 귀환한 기쁜 날이니 작게나마 연회를 열겠다!"

사우벨의 외침에 사용인들에게서 와아아! 하고 환성이 일었다.

"준비가 갖춰질 때까지 그동안 쌓인 이야기를 나눌까요? 자, 가시죠."

로벨이 팔을 내밀자 이자벨라는 기뻐하며 팔짱을 꼈다. 그 뒤에서 사우벨은 로렌에게 이런저런 지시를 내렸다.

"그 여자의 짐을 전부 정리하도록. 내일 성으로 보내야 하니까."

"알겠습니다."

"그런데, 알베르트는 어디 있지?"

"밖에서 로벨 님을 기다리고 있었을 터입니다만……."

고개를 갸웃한 사우벨은 로벨이 뭔가 알지 않을까 하여 먼저 자리를 옮긴 두 사람에게로 향했다.

방에 들어가 보니 두 사람은 의자에 앉아 이야기를 나누고 있었다. 사우벨은 그런 로벨과 이자벨라의 대화에 끼어들어 「실례합니다」 하고 입을 열었다.

"형님, 알베르트의 소재를 아십니까?"

"녀석이라면 당분간 근신시켰다."

"네?"

"녀석은 입이 가벼운 모양이더구나. 신용할 수 없다. 네 곁에서도 치울 생각이다."

"무, 무슨 일인 겁니까?"

알베르트는 20년 가까이 반크라이프트가를 섬겼다. 어찌 된 일이냐며 사우벨과 이자벨라와 로렌은 눈을 동그랗게 떴다.

"어떻게 된 일인지 설명하렴."

돌아오자마자 무슨 일이 일어난 것이냐며 이자벨라는 엄한 표정을 지었다.

"어머님께는 아직 말씀드리지 못했습니다만, 저는 정령계에서 사랑하는 사람과 결혼했습니다. 딸도 생겼지요."

"세상에……!"

"이 머리카락과 눈동자는 반정령이 된 증거입니다. 덕분에 수명도 엄청나게 늘었지요."

"어머나, 그건 부럽구나. 그래서 나이를 먹은 흔적이 보이지 않았던 것이구나."

"……어머님."

사우벨은 이자벨라의 가벼운 반응에 머리를 감싸 쥐었다. 자신은 그 사실을 알았을 때 큰 충격을 받았었는데, 이자벨라는 전 당주조차 놀라게 하곤 했던 대담함을 때때로 발휘했다.

"그 일과 알베르트가 무슨 관계라도 있는 거니?"

"네. 저를 포함한 아내와 아이는 정령입니다. 그 사실을 알베르트와 로렌과 사우벨에게만 몰래 알렸음에도 불구하고, 곧바로 태자 전하께 누설한 모양이더군요. 전하께서 자신의 아들과 제 딸을 만나게 하고 싶다고 하셨습니다."

"……그게 무슨?!"

"일단, 제 가족과 왕가가 접촉하는 일은 없을 거라고 언질은 해 뒀습니다만…… 그분한테는 통하지 않을 테죠."

로벨은 한숨을 내쉬었다.

"왕가는 정령과 접촉하지 못하는 사정이 있습니다. 전하는 그 문제를 제 딸을 이용해 해결해 볼 셈일 겁니다. ……가증스럽게도."

로벨이 내뱉듯 말하자 로렌이 노기를 담으며 눈을 부릅떴다.

"알베르트가 엘렌 님의 존재를 거래 재료로 삼았다, 그런 말씀이십니까?"

"그래. 그렇게 되리라는 것을 알고 있었기 때문에, 내가 정령과 같아졌다는 것은 신용하는 자들에게만 전했던 것인데……."

"이 무슨 배신행위란 말입니까? 처리하시겠습니까?"

로렌에게서 뿜어져 나오는 살기에 이자벨라와 사우벨이 어깨를 움찔 떨었다.

"……그건 그만두게. 아버님의 마음을 헛되게 하는 일일 테니."

미간에 주름을 잡는 로렌에게 이끌려 이자벨라와 사우벨도 미간을 찌푸렸다.

원래 반크라이프트가는 무가였다. 당연히 집사도, 사용인도, 메이드도 전투에 뛰어난 실력을 가지고 있었다. 그렇기에 로렌의 말은 매우 무게감이 있었다.

"……알베르트는 목숨을 구해주신 아버님께 은혜를 느끼고 있다. 아기엘에 관해서, 왕가와 무언가를 타진했던 것인지도 몰라."

그를 감싸듯이 말하는 사우벨의 말에 다른 이들도 동의했다.

그것은 알지만, 왕가가 사랑하는 딸을 노리기라도 한다면 이야기는 달라진다.

"형님, 죄송합니다. 이리된 것도 다 제가 부족한 탓……."

"그만 됐다. 뭐, 경계는 하겠지만 그쪽이 태도를 바꾼다면, 당당하게 아내와 딸을 소개할 수 있게 될 테니까."

"어머, 어머! 나에게 어서 소개하려무나! 그 여자아이는 그 여자를 닮아서 최악이었고, 사우벨이 밖에서 낳은 아이는 데려오질 않으니 말이다!"

이자벨라의 말에 사우벨은 풀이 죽었다. 하지만 그 모습을 무시한 채 흥분하는 이자벨라에게 로렌이 엘렌에 관해 설명했다.

"로벨 님의 따님은 아주아주 귀여우십니다. 여신에게 사랑받는 훌륭한 아기씨였습니다."

"뭐라고?!"

로렌의 헤벌쭉 풀어진 얼굴에 놀란 이자벨라는 기대로 가슴이 설레는 모양이었다.

"언제 데려올 거니?!"

흥분하며 재촉하는 이자벨라를 보며 로벨은 쓴웃음을 지었다.

수경으로 그 모습을 보고 있던 엘렌은 정색했고, 오리진은 「어머, 어머」 하며 웃었다. 지나친 기대를 품게 하는 건 정말이지 그만둬 주었으면 좋겠다고 진심으로 바랐다. 엘렌은 긴장한 나머지 언제 불려가려나 하고 딱딱하게 굳어 있건만, 오리진은 무사태평했다.

"엘렌, 괜찮아~."

"어머니는 무섭지 않으세요?! 상대는 시어머니잖아요!"

"벌써 그런 말까지 배운 거니? 대단한걸~."

"그게 아니잖아요! 무서운 분이면 어떡해요?!"

"괜찮아. 껄끄러워지면 두 번 다시 안 만나면 되지."

"가벼워! 하지만 정말이지 어머니다워요!"

오리진과 그런 대화를 나누는 사이에 로벨이 부르는 소리가 들려왔다.

"여보~~~~!"

아직 마음의 준비가 되지 않았건만, 억지로 품에 안고서 순식간에 전이한 오리진을 향해 엘렌은 원망의 시선을 숨기지 않았다.

"오리, 엘렌!"

부모님 사이에 끼어 꼬오옥~ 껴안아졌다.

"아버지, 고생하셨어요."

끌어안긴 상태로 위로하듯이 로벨의 머리를 쓰다듬었더니 로벨이 감격에 겨워 소리쳤다.

"아아, 엘렌~!"

더욱 꼬옥 끌어안고 부비부비 얼굴을 들이민다. 로벨이 너무나도 평소와 똑같아서 웃음이 나오고 말았다. 거기에 간지럽기도 해서 웃음을 터뜨리고 있는데, 조금 떨어진 곳에서 「어머, 어머, 어머!」 하고 들뜬 목소리가 들려왔다.

엘렌이 깜짝 놀라며 그쪽으로 고개를 돌렸고, 엘렌의 얼굴을 본 이자벨라의 눈이 반짝반짝 빛났다.

큰일났다……. 엘렌의 얼굴이 새파래졌다.

"어머님, 소개드리겠습니다. 아내인 오리와 딸인 엘렌입니다."

"오랜만이야."

"……처음 뵙겠습니다. 딸인 엘렌입니다."

엘렌이 숙녀의 예를 갖추고 있는 반면 오리진은 당당히 서 있었다.

"설마, 로벨의 정령……?"

"맞습니다. 그녀는 정령왕이지요."

"정령왕……?"

"이 세계에서는 시초의 왕이라든가 모든 것의 어머니라고 불리고 있지. 다시 인사하지, 오리진이야."

"이게 무슨……."

오리진은 엘렌의 어깨를 잡아 경악하는 이자벨라의 앞에 세웠다.

"당신 손녀는 차기 정령계의 여왕이 될 존재야. 나를 비롯해서 모두 잘 부탁할게."

그러나 당연하게도 이자벨라로서는 받아들이기 어려운 일일 터였다. 아들의 아내가 인간이 아니라니.

엘렌은 이 상황이 견디기 힘들어 눈썹이 처졌다는 사실을 자각하면서 무심코 우물쭈물하고 말았다.

이자벨라는 그런 엘렌을 깨닫고는 표정을 풀고 시선을 맞추기 위해 허리를 굽혔다.

"내 손녀가 장래 정령의 여왕님이라니…… 얼마나 멋진지!"

상냥하게 웃는 그 얼굴은 로벨과 쏙 닮아 있었다.

엘렌이 저도 모르게 눈을 동그랗게 뜨자 이자벨라는 싱긋 웃으며 「할머니라고 불러주겠니?」라고 부탁했다.

"하…… 하……."

주변은 잠자코 그 모습을 지켜봤다. 엘렌은 부끄러운 나머지 뺨을 붉히며 「함머님……」 하고 자그마한 목소리를 냈다.

'아아아, 동요한 나머지 할머니가 아니라 함머님이라고 불러 버렸어!'

그런 탓에 당황하는 엘렌을 개의치 않고, 이자벨라는 갑자기 소리를 질렀다.

"꺄아아아아아!"

엘렌은 깜짝 놀랐다.

"들었어? 다들 들었지?! 너무 귀여워!"

와락! 이자벨라에게 끌어안긴 엘렌은 놀라 눈이 동그래졌다.

"그렇지요?! 엘렌 님은 매우 훌륭하고 귀여운 아기씨랍니다!"

로렌이 주먹을 움켜쥐고 호응했다. 말려줬으면 좋겠다고 엘렌은 생각했다.

"할아범……."

"허허! 엘렌 님! 무슨 일이십니까?!"

"······로렌, 자네는 할아범이라고 불리고 있는 거야? 취향이 꽤 괜찮은걸."

"그렇고말고요. 엘렌 님께 그렇게 불리면 이 할아범은 힘이 솟습니다!"

자자, 이쪽으로 오시지요. 로렌이 그렇게 자리로 안내했고, 엘렌은 이자벨라에게 손을 잡힌 채 소파에 앉았다. 그리고 옆에 앉은 이자벨라에게 이것저것 시중을 받게 되었다. 로렌은 서둘러 과자를 준비했다.

"어머, 어머~."

"기분은 이해하지만, 대인기로군······."

"······어머님."

나머지 세 사람은 어이없어하며 덕분에 조금 전의 험악했던 분위기가 사라졌다며 어깨의 짐을 내려놓았지만, 이자벨라는 잊지 않고 있었던 모양이다.

"로렌, 자네 마음이 아주 잘 이해되는구나. 알베르트는 어떻게 하는 게 좋으려나······."

로벨의 차가운 표정과 똑같은 얼굴을 한 이자벨라의 모습에 엘렌은 어쩔 줄 몰라 하며 당황했다.

로렌이 차 준비를 마치자 다른 세 사람도 엘렌의 맞은편에 앉았다.

"아기씨 앞에서 할 이야기가 아닌 듯합니다. 그 이야기는 나중으로 하고······ 자자, 과자를 준비했습니다."

스윽, 엘렌의 눈앞에 놓인 과자를 보고 다른 이들은 쓴웃음을 지었다. 로렌은 명백하게 엘렌을 위한 과자라고 주장하듯 과자를 내놓았던 것이다.

엘렌은 그 사실을 눈치채지 못한 채 이 세계에서 처음으로 마주한 과자를 보고 흥분하여 두근두근 설렜다.

이 세계는 음식 문화가 그다지 발달하지 않았다. 과자 같은 건 대부분 소박했다.

텐바르 왕국의 주식은 밀가루로 만든 빵이었다. 과자는 지구에서 중세라고 하는 시대의 수준에 가까웠다.

과자는 주로 연회 등에 준비되는 경우가 많았고, 만들 수 있는 곳도 교회나 귀족의 저택뿐이라 먹을 수 있는 기회조차 없었던 것이다.

만들어지는 과자도 주재료인 밀가루에 달걀과 치즈와 향신료를 조금 더한 소박한 것이 대부분이었다.

눈앞에 준비된 것은 갈레트 데 루아[#2]와 비슷해 보였다.

갈레트에는 다양한 모양이 있다. 쿠키 타입인 갈레트 브르통, 그 외에도 브리타니풍 갈레트는 크레이프를 바탕으로 한 과자다.

동그랗고 얇게 구운 생지에 달걀과 햄과 치즈와 베이컨 등의 속 재료를 넣고서 네 귀퉁이를 접어 사각형으로 만든 것이 유명하다.

로렌이 잘라서 눈앞에 놓아준 그것은 무척이나 빛나 보였다.

전생한 이후, 과자 같은 건 먹어본 적이 없었다. 사실 정령은 식

#2 갈레트 데 루아(Galette des rois) 밀가루 반죽에 버터, 아몬드 크림, 설탕, 달걀 등을 넣고 결을 내서 구운 동그란 모양의 파이.

사를 거의 필요로 하지 않는다. 그러나 엘렌은 인간의 피를 이은지라 조금씩 섭취할 필요가 있었다. 로벨은 말할 것도 없이 당연히 식사가 필요했다.

정령들도 조금씩이지만 꽃의 꿀을 핥거나, 과일을 먹는다. 하지만 그것은 아주 조금이면 된다.

로벨과 엘렌은 일정량의 식사를 할 필요가 있었기 때문에 정령이 가져다준 과일을 주로 먹으며 때때로 인간계에 가서 식사를 하고 있었다.

엘렌의 눈이 반짝반짝 빛나고 있다는 사실이 전부 들통 난 모양이다. 지켜보고 있는 주변 어른들의 눈이 흐뭇해하고 있다는 것을 깨닫고 엘렌은 현실을 떠올렸다.

저질렀다. 이건 이자벨라의 시험일 거라고 제멋대로 해석한 엘렌은 굳어지고 말았다.

자세를 바르게 하고 앞을 보고 앉았다. 과자 같은 건 흥미 없다는 어필이다.

'……이제 와서 늦었을지도 모르지만.'

"어머? 왜 갑자기 새침하게 얌전해진 거니?"

오리진이 고개를 갸웃했다. 이자벨라가 「먹어도 괜찮단다」 하고 재촉했다.

이자벨라가 홍차를 마시는 것을 보고서야 엘렌도 포크를 잡았다. 그러자 그 모습을 보고 있던 로렌이 역시라며 감탄했다.

"식사 예법은 정령계도 같은 겁니까?"

"아니~ 정령은 식사를 거의 하지 않으니까 그런 건 없는 거나 다름없어. 함께 모여 식사를 한다는 행동조차 하지 않아. 당신이 가르친 거야?"

오리진이 로벨에게 묻자, 「나는 가르친 적 없어」라는 대답이 돌아왔다.

어른들이 그런 대화를 하고 있다는 사실 같은 건 전혀 모른 채 엘렌은 이 세계에서 처음으로 먹어보는 과자에 입맛을 다셨다.

'달아!'

설탕이 있구나 싶어 어쩐지 기뻐졌다.

이 칼레트는 크로아상처럼 층이 있었고, 베어 물면 소박한 단맛이 입안에 퍼졌다.

한 입 먹을 때마다 행복의 오라가 화악 배어 나왔다. 좀처럼 맛볼 수 없는 음식이라는 것을 아는 만큼 음미하며 먹고 싶었다.

그렇게 만끽하면서 오물오물 먹다가 문득 정신을 차려 보니, 주변 어른들의 시선이 전부 엘렌에게 쏠아지고 있었다.

뭔가 잘못한 건가 싶어 순식간에 새파래져서는 주저주저하며 어른들의 얼굴을 살폈다.

"하아~ 정말이지 귀엽구나. 먹는 것까지 귀엽다니 상상도 못 했어……."

홀린 듯 이야기하는 이자벨라의 말에 무슨 소리야?! 하며 엘렌은 놀랐다.

'아니, 아니, 입이 작은 것뿐이에요! 어린애니까!'

엘렌의 당황한 모습조차도 흐뭇한지, 로렌과 이자벨라의 헤벌쭉한 모습에 조금 질리고 말았다.

로벨도 가끔 이리되는 것을 보면, 이 집안의 특징인 것일지도 모를 일이다.

"엘렌, 자, 아~ 하렴."

이자벨라가 포크로 한 조각을 찍어 내밀었다.

무심코 반사적으로 입을 활짝 벌렸더니 「꺄아아~ 귀여워!」 같은 비명이 터져 나왔다.

"어머님, 먹을 걸로 환심을 사는 건 상관없습니다만, 이대로는 저녁을 먹지 못할 겁니다. 엘렌도 저도 식사량이 많지 않아서요."

"어머나, 이런!"

마침 아~ 상태에서 입을 다물던 순간이었던 엘렌은 이자벨라가 냉큼 포크를 치운 탓에 아무것도 먹지 못한 채 덥석 입을 다물고 말았다.

"……."

"……."

설마 빼앗아갈 거라고는 생각하지 못했던지라 무심코 시무룩해져서 눈썹이 축 쳐지자, 이자벨라가 괴로워했다.

"아아아, 엘렌! 미안하구나. 하지만 풀죽은 엘렌도 귀여워!"

로벨과 오리진, 그리고 사우벨은 예상치 못한 상황에 어깨를 들썩이며 웃었다.

로렌은 엘렌이 무엇을 해도 흐뭇한지 언제나 웃는 얼굴로 헤벌쭉

하고 있었다.

"뭐, 그건 그렇고……. 앞으로는 어떻게 할 생각이지? 나는 사업을 거들면 되는 것이냐? 가능하면 기사단 쪽은 사양하고 싶다만."

"형님, 정말로 도와주시는 겁니까?!"

로벨의 말에 사우벨에 달려들었다.

"오리와 엘렌이 있으니 여기서 살 수는 없지만 말이다. 나는 이쪽과 저쪽을 오갈 생각이다."

"어머, 로벨네는 여기서 살지 않는 거니?"

"사정이 있어서 아내는 장시간 인간계에 있을 수 없습니다."

"어머…… 그러니?"

이자벨라의 물음에 오리진이 별것 아니라는 듯이 미소 지었다.

"힘이 너무 강해서 내가 인간계에 있으면 영향이 미치게 돼. 나는 풍요의 힘도 갖고 있으니까 이 주변 일대가 순식간에 숲이 되어버릴 수도 있어. 그러니까 잠시 후에 나는 저쪽으로 돌아가야 해. 아, 엘렌은 괜찮아."

오리진의 말에 이자벨라가 기세 좋게 「오늘은 자고 가렴!」 하고 엘렌에게 선언했다.

'어? 그건 이미 결정된…….'

"그거 좋겠는데? 엘렌, 가끔은 인간계를 만끽해보는 것도 좋을 거야."

엘렌은 태평하게 말하는 로벨을 뚱한 눈으로 바라보았다.

"아버지가 어머니한테 어리광을 부리고 싶은 것 같으니 저는 자고 가겠습니다!"

분위기를 읽어줬다며 에헴 하고 가슴을 펴자, 눈치가 빠른 데도 정도가 있다고! 라며 로벨이 한탄했다.

*

이따금 간섭을 받으면서, 엘렌이 케이크로 가득 찬 입을 우물우물하고 있으려니 부드러운 분위기 속에서 어른들의 대화가 활기를 띠기 시작했다.

"엘렌은 정령이라고 들었는데, 어떤 정령님이니? 꽃이려나?"

홍차를 마시고 있던 중에 갑자기 질문이 날아들었다. 이거 확인이 들어왔군요?! 하며 무심코 경계를 했다.

하지만 이자벨라의 무심한 태도에 엘렌은 이야기해도 괜찮으냐며 오리진에게 의견을 구했고, 「괜찮아」라는 대답이 돌아왔다.

"저는 원소를 관장하고 있습니다."

"……원소?"

"그러니까, 예를 들면 접시는 깨지면 조각이 되어 여러 개가 되지요?"

"그렇지."

"그걸 몇 번이고 몇 번이고 반복해서 부수면 가루가 됩니다. 그걸 더욱더 잘게 부수고 나누어 눈에 보이지 않을 정도의 알갱이로 만듭니다. 더는 나눌 수 없어! 라는 물질이 된 것이 원소입니다."

"그렇게나 작은 알갱이……인 거니?"

왠지 모르게 보잘것없는 힘이라 여겨지는 것 같아서 엘렌은 다급하게 설명하고 말았다.

'할머님에게 능력 있는 아이라는 걸 확실하게 어필해야 해!'

"그러니까 저는 만물의 근원이 되는, 더는 분열할 수 없는 요소나, 원소 번호가 같은 원소만으로 된 물질 등의 구조 배열을……."

주변 어른들이 입을 떡 벌리고 있었다.

큰일 났다! 이것만은 어찌 설명하면 좋을지 모르겠다.

"아, 이거라면 어떨까요?!"

엘렌은 당황하면서도 로벨과 오리진의 결혼식 때 만들었던 다이아몬드로 설명하기로 했다.

"탄소라고 하는데, 이건 숯입니다."

그렇게 말하고서 어린아이 손바닥만 한 숯을 꺼냈다. 갑자기 나타난 숯덩어리에 어른들은 놀랐다.

"숯은 세 종류가 있는데……. 나무 블록이라고 생각해 주세요. 같은 형태의 나무 블록이라도 어떻게 조립하느냐에 따라서 무정형, 흑연, 다이아몬드가 됩니다."

"숯으로…… 다이아몬드라고?!"

사우벨이 놀란 표정을 지었다.

"숯과 다이아몬드는 같다는 의미입니다. 형태가 다를 뿐, 같은 것으로 구성되어 있지요."

"뭐라고……? 숯이……?"

"나도 딸에게 설명을 들었지만, 여전히 잘 모르겠으니까 놀라는 것도 이해한다."

"우리 정령은 만물의 본질을 당연하게 인식하고 있으니까…… 그걸 인간에게 설명하는 건 꽤 어려워."

오리진도 쓴웃음을 지었다.

"저는 이것들을 관장하는 정령으로, 구조 배열을 자유자재로 다룰 수가 있습니다. ……이런 식으로요."

손에 들고 있던 손바닥만 한 숯덩어리를 순식간에 다이아몬드 원석으로 바꾸었다.

그 모습에 이자벨라, 로렌, 사우벨은 할 말을 잃었다.

"이건 다이아몬드 원석입니다."

여기요, 하며 건네자 사우벨은 놀란 얼굴로 엘렌과 원석을 몇 번이나 번갈아 보았다.

고요해진 실내에서 엘렌은 케이크를, 로벨과 오리진은 우아하게 홍차를 즐겼다. 잠시 후, 겨우 입을 연 것은 사우벨이었다.

"……그러니까, 광물 같은 것도 자유자재로 만들어 낼 수 있다는 건가?"

"네. 여기, 금이에요."

테이블 중앙에 대량의 금괴를 휙 꺼내서, 쿵쿵쿵! 하고 피라미드 형태로 쌓아 올렸다. 그 중량감을 느끼게 하는 소리에 세 사람은 또다시 말문이 막혔다.

참고로 금괴 하나당 정확하게 1킬로그램으로 만들었다.

"세상에……!"

"이래서 밖에 내놓고 싶지 않다고 말한 거다."

로벨이 쓴웃음을 지으며 한숨을 내쉬었다.

엘렌의 치트 능력은 두 살 때 발각되었다. 구조 배열 변환으로 다양한 것들을 만들어낸 것이 계기였다.

"그렇지? 왕가에 이 아이를 들키면 큰일이겠지?"

로벨이 동의를 구하자 이자벨라, 로렌, 사우벨이 고개를 몇 번이나 위아래로 끄덕였다.

사우벨은 손에 들린 다이아몬드 원석을 어찌하면 좋을지 몰라 당황했다.

"아, 형님…… 이걸…….."

로벨에게 돌려주려 했지만 로벨은 엘렌에게 「어떡할래?」 하고 물었다.

"팔아도 괜찮은데요?"

아무렇지 않게 그리 대꾸하자 놀란 사우벨과 이자벨라, 로렌이 말리고 나섰다.

"엘렌, 안 돼. 이렇게 커다란 건 세상에 별로 나오지 않는 물건이란다! 큰 소동이 벌어질 거야!"

이자벨라의 말에 엘렌은 그것도 그런가 하며 다이아몬드 원석을 돌려받았다.

"그럼, 이렇게 하면 되죠."

커다란 덩어리가 엘렌의 손 위에서 1센티미터 정도의 다양한 모양으로 바뀌어 후두두 무너지듯이 분쇄되었다. 그 모습을 본 세 사람은 또다시 말을 잃었다.

"자, 여기요."

웃으며 사우벨에게 내밀었더니 사우벨은 어이없어하는 얼굴을 하고서 받아 들었다.

"엘렌이 준다고 했으니 받아도 괜찮잖아?"

대수롭지 않은 듯이 로벨이 받으라고 재촉했지만, 사우벨의 몸은 녹이 슨 듯 삐걱삐걱 어색하게 움직여졌다.

"그나저나 이 금으로 된 산은 어떡할 거니? 엘렌, 너무 많이 꺼냈어~."

오리진의 나무라는 말에 앞으로 주의하겠다고 말할 뿐, 엘렌의 의식은 케이크에 집중되어 있었다.

"잠깐만, 이건 정말로……."

"판다면 조금씩 파는 편이 좋을 거예요. 시장이 혼란스러워질 테니까. 아, 금은 불순물이 전혀 들어 있지 않으니까 반대로 불순물을 섞어서 파는 편이 좋을지도 몰라요."

다시 케이크를 한 입 가득 베어 물고 오물오물 씹고 있으려니 굳었던 세 사람 중 가장 회복이 빨랐던 로렌이 입을 열었다.

"엘렌 님, 정말로 이것들을 팔아도 괜찮겠습니까?"

"괜찮아요! 그걸로 또 케이크 사주세요!"

엘렌이 들뜬 모습으로 기대하며 말하자, 케이크 정도가 아니라 광산도 살 수 있다며 로렌이 쓴웃음을 지었다.

"아무튼, 이 아이가 왕가에 넘어가면 터무니없는 일이 되겠구나. 이 일은 절대 외부에 알려져선 안 돼. 로렌, 팔 거라면 다른 출처를 알아봐야 할 걸세."

이자벨라의 말에 거기까지는 생각하지 못했다며 엘렌은 풀이 죽었다.

"그렇다면, 어디 보유하고 있는 광산은 없나요? 거기에서 발굴되도록 꾸밀 수 있어요!"

기세 좋게 말하자 세 사람은 이제 할 말을 잃는 것을 넘어서 한숨을 내쉬었다.

뭔가 이상한 말을 해버린 것인가 싶어 엘렌은 안절부절못했다.

"머리가 얼마나 좋은 아이인지……."

"그래, 진짜 정령이구나…… 이런 일이 가능하다니."

역시 풍요의 여신의 아이라며 모두 납득했다.

"광산이라고 하면 작은 게 있었을 텐데."

"지금은 채굴할 수 있는 게 거의 없어서 손을 대지 않고 있어. 거기서 발견되었다고 하면 될까?"

"다이아몬드만으로는 의심을 살 테니까, 원래 채굴되던 것도 나오게 할게요."

"……대단하구나. 어린 나이지만 말하는 것은 어른에 견주어도 손색이 없어."

이자벨라의 감탄을 들은 엘렌은 조금 기분이 좋아졌다.

이 이야기는 나중에 다시 로벨과 함께 정하기로 했다.

반크라이프트가가 손을 대고 있는 사업 중에서 엘렌이 도울 수 있는 게 있다면, 로벨과 함께 몰래 돕기로 했다.

그렇게 이야기가 정리되었을 무렵, 만찬회 준비가 다 되었다며 메이드가 알려 왔고, 모두는 홀로 향했다.

로벨의 옆에 선 오리진에게 안긴 엘렌은 홀에 들어선 순간 모두의 시선이 집중되는 것을 느꼈다.

"급하게 서둘러 미안했다. 모두들 준비에 애써주어 고맙다. 그리고 모두에게 보고할 게 있다."

사우벨이 아기엘과 무사히 이혼한 것, 로벨이 돌아온 것, 그리고 로벨이 결혼한 것을 알렸다. 그 소식들에 사용인들은 환성과 놀란 목소리를 냈다.

"소개하지. 내 아내와 딸이다."

"안녕, 오리야. 그리고 이 아이는 엘렌."

오리진이 내려주며 소개하자, 엘렌은 숙녀의 예를 갖추며 인사했다. 그러자 사용인들 사이에서 감탄의 목소리가 들려왔다.

남자 사용인들은 오리진을 보고서 얼굴을 살짝 붉혔다. 메이드들은 엘렌을 보고 귀엽다고 말했고, 로벨을 보고 뺨을 물들였다.

"보다시피 형님의 귀환뿐만 아니라 가족도 늘었다. 다들 잘 부탁한다. 그리고 아기엘의 소행을 잘 견뎌주었다! 오늘은 마음껏 마시고 즐겨주길 바란다!"

사우벨의 건배에 사용인들도 손에 든 잔을 치켜들고 「건배!」 하고 소리쳤다.

　로렌과 이자벨라에게 시중을 받는 사이, 눈앞에 계속해서 음식이 차려졌다.

　고기 요리와 샐러드, 수프 등 차려진 음식이 너무 많아서 서둘러 의자와 테이블까지 준비되었다. 부모와 아이는 셋이 함께 입맛을 다셨다.

　세 사람 모두 그리 많이 먹지 못하는지라, 조금씩 음식을 나눠 먹으며 서로 감상을 나누었다. 그러다 문득 모두가 흐뭇한 얼굴로 이쪽을 관찰하고 있다는 사실을 눈치챘다.

　10년 전부터 집에서 일하던 사용인들은 로벨의 휙휙 변하는 표정에 감동한 나머지 눈물을 흘리고 있었다.

　메이드가 머뭇머뭇 조심스럽게 음식을 권할 때마다 오리진은 웃으며 감사 인사를 했고, 메이드는 뺨을 붉혔다.

　그러자 멀찍이 선 이들이 아기엘 님과는 전혀 다르다든가, 멋지다든가, 상냥한 분이라든가 하는 말들을 했다.

　어머니가 칭찬받는 것은 딸로서 무척 기뻤다. 엘렌이 싱글벙글한 얼굴을 하자 로렌과 이자벨라가 헤벌쭉한 표정으로 머리를 쓰다듬어 주었다.

　"할아범! 이거 맛있어요!"

　특히 마음에 든 음식을 가리키자 「요리사를 칭찬해 줘야겠군요」라며 서둘러 메모를 했다.

　혹시 마음에 들어 한 음식을 체크하는 것인가 싶어 깜짝 놀라고 있으려니, 그 반응을 눈치챈 로렌이 설명을 해주었다.

엘렌 가족은 정령이니, 먹을 수 있는 것과 좋아하는 것을 살피고 있던 모양이었다. 마음을 써준 것이 기뻐서 견딜 수 없었다.

"할아범, 고마워!"

방긋 웃으며 감사 인사를 하자, 로렌은 당연하다고 대답하며 헤벌쭉한 표정을 지었다. 조금 전까지는 아주 멋있었는데, 살짝 유감스러워졌다.

"저기 봐, 로렌 님의 저 얼굴……!"

로렌의 헤벌쭉한 얼굴에 사용인들도 역시나 놀라고 있었다.

"로렌, 얼굴이 너무 풀어졌어."

사우벨이 쓴웃음을 지으며 그리 말하자 로렌은 사우벨에게는 빈틈없는 얼굴을 보이며 대답했다.

"당연합니다. 이렇게나 시중드는 보람이 있는 분은 좀처럼 만날 수 없으니까요. 가슴이 두근거립니다."

가슴을 쭉 펴며 말하는 로렌의 모습에 사우벨은 그저 쓴웃음을 지을 뿐이었다.

"엘렌은 사용인의 마음을 잘 아는구나. 기특하기도 하지."

이자벨라는 그렇게 말하며 다시 엘렌의 머리를 쓰다듬었다. 어쩐지 줄곧 머리를 쓰다듬고 있는 것 같은 기분이 들었다.

'어라? 평범한 거 아닌가……?'

그렇게 생각했지만, 곧바로 그 아기엘을 떠올렸다.

온갖 폭거를 저지르고, 사용인은 도구일 뿐이라는 가치관으로 상대를 대했으리라.

 그 여자들에게서 이 집의 사람들이 풀려나 정말로 다행이라고 진심으로 그렇게 생각했다.

                              *

 반크라이프트가에서 만찬회가 열리고 있을 무렵, 라비스엘의 개인실에서는 한 남자가 방의 주인과 대치하고 있었다.

 "보고를 그만두겠다고?"

 기분이 상한 듯한 라비스엘의 목소리가 방 안에 울렸다.

 "로벨 님께 들켰고, 저는 곁에서 모실 수 없게 되었습니다."

 "아아, 그렇군. 빠른걸. 역시 로벨이야."

 기쁜 듯이 이야기하는 라비스엘의 모습에 알베르트는 의아하다는 표정을 지었다.

 흐음 하며 이런저런 생각을 하던 라비스엘은 흘끗 이쪽을 보았다.

 "딸의 얼굴은 보았나?"

 "네."

 "그렇다면 마침 잘됐어."

 라비스엘은 앞에 있던 테이블에서 종이를 한 장 꺼내고 깃펜에 잉크를 묻혀서 뭔가를 술술 써 내려갔다.

 잉크가 마르는 사이, 그동안에 봉투에도 무언가를 써 나갔다.

 그 일련의 작업을 잠자코 지켜보고 있으려니 라비스엘은 편지를 접어 봉투에 넣고 봉랍했다.

그리고 그 위에 왕가의 문장이 새겨진 시그닛 링을 눌러 찍었다. 라비스엘은 그것을 알베르트에게 내밀었다.

"이걸 전달해라."

"저는 근신을 당했습니다. 로벨 님이 만나주실 거라고는……."

"아니, 딸에게다."

라비스엘이 싱긋 웃으며 한 그 말에 알베르트는 창백해졌다.

*

만찬회가 끝나고, 로벨과 오리진은 정령계로 돌아갔다. 로벨은 내일 아침에 데리러 오겠다고 웃으면서 말했고, 엘렌은 뚱한 눈으로 두 사람을 배웅했다. 그리고 이자벨라와 로렌과 메이드들에게 돌봄을 받으며 밤을 보냈다.

목욕하는 동안에도 여러 메이드들이 이것저것 시중을 들어주었다. 목욕까지 하니 몸이 축 늘어졌다. 게다가 만찬회에서 배부르게 먹은 탓에 금세 꾸벅꾸벅 졸기 시작했다.

"이런, 졸린 게구나."

우으…… 하고 신음하면서 눈을 비비자, 눈을 비비면 안 된다고 이자벨라에게 주의를 받았다.

"할머니랑 같이 코~할까?"

"……네에."

고개를 크게 끄덕이며 대답하자 이자벨라는 매우 기뻐했다.

"그럼 먼저 침대에 들어가 있을래? 할머니는 목욕을 하고 오마. 먼저 자고 있으렴."

침대에 오르자 착한 아이라며 머리를 쓰다듬어 주었다. 침대 위에 눕자 엘렌은 곧바로 꿈나라로 여행을 떠났다.

시간상으로는 아주 잠시였다. 누군가가 어깨를 툭툭 쳤고, 의식이 깨어났다.

눈을 뜨자 거기에는 근신 중인 알베르트가 있었다.

"……응?"

잠결 속에 눈을 비비며 몸을 일으키자, 목소리를 낮춘 알베르트가 무언가를 내밀었다.

"……이걸."

뭘까 하고 보니 편지였다. 어째서 자신에게 편지를 주는 것인지 알 수 없었다. 로벨에게 이 세계의 글자를 배우기는 했지만, 로벨 앞으로 온 편지가 아닐까 생각한 순간 낮에 들었던 말이 떠올랐다.

『전하는 그 문제를 제 딸을 이용해 해결해 볼 셈일 겁니다.』

"아, 그 능구렁이…… 전하인가요?"

납득한 엘렌의 말에 알베르트가 움찔 어깨를 떨었다. 편지를 받지 않으면 이 사람은 왕가로부터 벌을 받으리라.

순순히 편지를 받아 들었지만, 그것을 뜯지 않은 채 엘렌은 알베르트를 빤히 바라보며 입을 열었다.

"아저씨는 이 집이 싫은가요?"

"그럴 리 없잖아!"

엘렌의 말에 알베르트는 무심코 언성을 높였다. 그러다 퍼뜩 제 입을 누르는 그 모습을 놀란 얼굴로 올려다보았다.

"그렇다면, 어째서 이런 짓을 하는 건가요? 아버지가 무척 화내셨어요."

"……알고 있어."

"제가 왕가와 이어지면 이 집에 안녕이 찾아올 거라고 생각한 건가요?"

"……윽! 어떻게……."

"아버지 입장에서 말씀드리자면, 쓸데없는 참견이라고 생각해요."

엘렌의 말에 알베르트는 충격을 받은 얼굴을 했다.

"아버지와 저는 인간이지만 반은 정령이에요. 분명 왕가로서는 이렇게나 중요한 인물이 없을 테죠. 왕가는 혹해서 달라붙을 테지만, 저희로서는 매우 성가신 일이에요."

"……어째서."

"왕가가 전혀 깨닫지 못하고 있으니, 이 연쇄는 끝나지 않을 거예요. 우리는 왕가의 인간들에게 다가가지 못합니다. 무의미해요."

"그 이유를 가르쳐줄 수 없을까……?"

"조언을 드리자면, 이 가문과 아기엘 씨의 관계라고 할까요?"

"아기엘 님이라고?"

"이 집안의 사람들이 어째서 아기엘 님을 그토록 싫어하는지 이해하고 있을 테죠? 거기에 적용해보세요. 이 집 사람들이 아기엘 씨를 용서할까요?"

"그런, 설마……."

"왕가는 옛날부터 그랬겠죠."

엘렌은 건네받은 편지를 팔랑팔랑 흔들었다.

"개인적인 호출인 걸까요?"

내용을 보지 않고 추측하자 알베르트는 할 말을 잃은 채 이쪽을 바라봤다.

"아저씨, 지금 당장 전하와 관계를 끊으세요. 이게 발각되면, 그 냥은 넘어가지 않을 거예요."

말문이 막힌 알베르트를 방치하고서 엘렌은 말을 이었다.

"게다가 전하에게 있어서 아저씨는, 분명 어찌 되든 상관없는 장기말일 테죠. 아저씨가 이 집안에서 쫓겨난다 해도 그 능구렁이 씨에게는 아무런 영향도 없을 테니까요. 이 집안에 은혜를 느끼고 있다면 잘못된 생각은 그만두세요."

솔직하게 말하자 알베르트는 퍼뜩 놀란 얼굴을 하고 신하의 예를 취했다.

"죄송합니다. 엘렌 님……."

"……하지만 아마도, 아버지는 이미 이 상황을 눈치채고 어딘가에서 보고 계실 거예요."

엘렌은 움찔 하고 어깨를 굳힌 알베르트에게 그만 물러나라고 말했다.

"아버지는 제가 설득할게요. 그리고 답장을 하면 아버지가 화내실 테니 거절하겠다고 전해 주세요."

"……네."

알베르트의 대답을 듣고서 엘렌은 손에 든 편지를 뜯지도 않고 태워 버렸다.

그리고 재가 된 그것의 구조 배열을 바꿔서 탄소로 엮어 연기로 만들어 버렸다.

편지가 순식간에 사라진 모습에 알베르트는 눈을 크게 뜨고 입을 떡 벌렸다. 그 얼굴을 보며 하품을 한번 하고 「그럼 안녕히 주무세요」라는 인사를 건넨 엘렌은 이불을 덮었다.

아침이 되자, 누군가가 부르고 있다는 것을 깨닫고 눈을 떴다.

"엘렌, 일어났니?"

이자벨라는 다정하게 미소를 지으며 엘렌의 머리를 쓰다듬었다.

"……할머님, 안녕히 주무셨어요?"

지난밤 애매한 시간에 잠이 깼던 탓에 머리가 제대로 돌아가지 않아 멍했다. 말도 잘 나오지 않았다. 그대로 꾸벅거리며 무거운 머리를 숙여 인사하자 이자벨라가 웃음을 터뜨렸다.

"정말이지! 너무 귀엽다니까!"

"끄으……."

끌어안겨 찌부러질 것만 같았다. 그때 옆에서 도움의 목소리가 들려왔다.

"이자벨라 님, 엘렌 님이 괴로워하십니다."

로렌이 모닝 티를 끓이면서 쓴웃음 지었다.

"엘렌 님, 안녕히 주무셨습니까? 차를 드시지요."

"……할아범, 안녕히 주무셨어요."

자고 일어나 목이 말랐던지라 감사 인사를 하며 찻잔을 받아 들었다.

"자, 이자벨라 님도 드시지요."

"로렌…… 자네도 참……."

원래대로라면 이자벨라를 우선해야만 하는 자리에서 엘렌을 우선하는 로렌을 보며 이자벨라는 쓴웃음을 지었다.

후후, 홍차를 불어 식히고 따뜻한 차를 마시자 머리가 점점 맑아졌다.

어제 케이크와 함께 마셨던 차는 달지 않았는데, 지금 마시는 차에서는 희미하게 벌꿀 같은 단맛이 느껴졌다. 로렌이 신경을 써준 것이리라.

"할아범, 맛있어요."

방긋 웃자, 「다행입니다」라며 로렌의 얼굴이 헤벌쭉 풀어졌다.

*

이자벨라와 함께 아침 식사를 마치고 편안히 식후의 오렌지 주스를 즐기고 있으려니 로벨이 나타났다.

"엘렌, 좋은 아침이구나."

로벨은 웃는 낯이기는 했지만 분노가 비쳐 나왔다. 그 모습에 어젯밤 일을 떠올렸다.

"아, 아버지. 안녕히 주무셨어요? 어머니한테 어리광은 부리셨나요?"

"물론이지…… 아니, 그게 아냐!"

멋진 흐름의 태클이라고 마음속으로 생각하면서 엘렌은 똑바로 로벨을 바라보았다.

"엘렌, 아버지한테 뭔가 할 말이 있을 테지?"

"네. 알베르트 아저씨는 전하와 관계를 끊기로 했으니 근신을 풀어 주세요."

태연하게 말하자 이자벨라와 로렌이 어찌 된 일인가 싶어 놀란 얼굴을 했다.

"엘렌!"

"그보다, 아버지. 아버지야말로 저에게 뭔가 하실 말이 있지 않은가요?"

로벨의 말을 자르고 엘렌이 고개를 기울이면서 생글생글 웃는 낯으로 재촉하자, 로벨은 헉하며 표정을 굳혔다.

"로벨…… 어떻게 된 거니?"

"로벨 님. 알베르트가 무얼 어쩐 겁니까?"

두 사람은 시커먼 위압감을 두르고서 로벨을 몰아붙였다.

"아버지는 전하의 심부름꾼이 저를 찾아오리라는 걸 확신하고서 의도적으로 저만 이 집에 묵게 한 거예요."

아무렇지 않은 투로 대답하면서 오렌지 주스를 꿀꺽꿀꺽 마시자, 그 말을 듣고 있던 이자벨라와 로렌에게서 냉기가 뿜어져 나왔다.

설명하렴. 이자벨라의 얼어붙을 듯한 차가운 목소리에 로벨은 한숨을 내쉬었다.

*

"그래서, 알베르트가 어쨌다고?"

"……전하는 알베르트를 이용해 엘렌에게 직접 편지를 전하려고 했습니다. 모두 엘렌이 캐냈죠. 엘렌이 왕가와 이어지면, 이 집에 안녕이 찾아올 거라고 생각한 모양입니다……."

화가 치민 듯 내뱉는 로벨의 말에 이자벨라와 로렌은 한숨을 내쉬었다.

"엘렌, 어떻게 눈치챘니?"

"아버지는 저를 과보호하세요. 전하에게 제 존재를 들켜서 예민해진 상황에 저를 혼자 남겨두고 돌아갈 리 없죠."

"……그 시점에서 알았던 거니?"

"아뇨, 이상하다고 생각한 정도였어요. 그때는 순수하게 아버지가 어머니에게 어리광을 부리고 싶은 거라고……."

"으아아아앗! 딸의 시선이 가슴을 찌르고 있어!"

실제로 그런 면도 포함되어 있었다는 것을 로벨의 태도로 눈치채고 말았다.

무심코 기막혀하는 시선으로 로벨을 보고 있으려니 다른 두 사람도 비슷한 눈을 하고 있었다.

"할머님 침대에서 혼자 자고 있을 때 알베르트 아저씨가 저를 깨웠어요. 그리고 전하가 보낸 편지를 줬어요."

"엘렌…… 그 편지는?"

"읽을 것까지도 없어서 태워 버렸어요."

태연하게 그리 답하자 이자벨라와 로렌이 너무나도 놀라며 아연 실색했다.

그도 그러하리라. 왕가에서 보낸 편지를 읽지도 않고 태우다니, 불경한 데도 정도가 있었다.

"처음 만나는 분이 보낸 편지예요. 어차피 화제라고 해봐야 인사와 티타임 초대, 아기엘 씨에 대한 사죄 정도일 거예요."

"……그래서, 엘렌은 알베르트에게 뭐라고 대답했니?"

"아버지가 화낼 테니 거절하겠습니다, 라고 했어요."

보호자를 통하지 않고 보낸 편지다. 변변치 않은 편지라는 것쯤은 알 수 있었다.

엘렌의 의연한 대응에 이자벨라와 로렌은 말문이 막혔다.

"엘렌…… 어째서 편지를 태웠니?"

로벨의 물음에 엘렌은 웃으며 대답했다.

"아버지에 대한 복수입니다!"

그제야 겨우 엘렌이 매우 화났다는 사실을 깨달았는지, 로벨의 얼굴이 움찔하며 일그러졌다.

*

알베르트 아저씨와 제대로 이야기를 나눌 때까지 아버지와는 이 야기하지 않겠어요! 라는 선언과 함께 내쫓긴 로벨은 무릎을 끌어 안고서 풀이 죽었다.

"딸한테 못 이기겠어……."

추욱, 침울한 로벨의 어깨를 로렌이 툭 두드렸다.

"어린 나이라고는 생각할 수 없을 만큼 엘렌 님의 수완은 매우 뛰어나시군요. 할아범은 감동했습니다."

"로렌, 너……."

로벨이 뚱한 눈으로 로렌을 노려보았다.

"엘렌 님이 하신 말씀의 의도는 짐작하고 계실 테죠?"

"……너무 총명해서, 가끔 너무 곤란해."

쓴웃음을 지으면서 로벨이 푸념을 늘어놓았다.

엘렌이 라비스엘에게 받은 편지를 태워 버렸으니 그 일을 근거로 알베르트를 추궁할 수 없게 되었다. 엘렌에게 접촉했다는 증거를 없애버린 것이다.

그로 인해 라비스엘의 의도도 알 수 없게 되어 판단을 내릴 수 없게 되었다. 즉, 알베르트가 라비스엘과 내통하고 있다는 증거가 충분치 않게 되어 버렸고, 알베르트를 처벌할 수 없게 되어 버렸다. 엘렌은 알베르트를 구한 것이다.

게다가 엘렌은 왕가에 대해 정령으로서 조언을 해주고 말았다. 수경 너머에서 그 모습을 지켜보며 진심으로 머리를 감싸 쥐었다.

만전의 주의를 기울이고 있었건만, 설마 그것들을 들키고 이렇게 반격을 당할 줄은 상상도 못했던 것이다.

"아, 누굴 닮은 건지……."

"무슨 말씀을 하시는 겁니까? 엘렌 님은 로벨 님을 쏙 빼닮지 않으셨습니까?"

허허허 하고 웃는 로렌을 보며 로벨은 쓴웃음을 지었다.

"그래서 곤란해. 이번 일로 확실히……."

어딘가 쓸쓸한 듯한 얼굴로 로벨이 말했다. 엘렌은 라비스엘 마음에 들어버렸을 거라고.

*

알베르트가 가져온 엘렌의 대답에 라비스엘은 놀라움을 감출 수 없었다.

"……내 편지를 보지도 않고 태워 버렸다고?"

너무나도 재미있어서 큭큭 하고 웃음이 새어 나오고 말았다.

거기에 더해 알베르트도 설득한 모양이었다. 알베르트는 어딘가 속 시원해진 모습으로 「이것으로 마지막입니다. 아가씨의 전언을 받아왔습니다」라며 당당한 태도로 대답을 전달했다.

이쪽의 생각을 간단히 읽어내고, 거기에 더해 의표를 찌르는 반응을 보내왔다.

예전, 로벨과 다투던 때가 떠올랐다.

"더욱더 욕심이 나는군."

써먹을 수 있는 로벨도 갖고 싶었지만, 아기엘의 딸과 같은 나이의 아이라고는 생각할 수 없을 정도의 언동을 보여주는 로벨의 딸도 갖고 싶은 마음이 생겼다. 그리고 아무래도 마음이 매우 다정한 아이인 모양이라고 짐작할 수 있었다.

오랜 시간 고민해 온 왕가의 고민을 해결할 실마리를 간단히 넘겨주었으니 말이다.

로벨의 딸은 로벨과 계약한 정령과 아주 많이 닮은 외모를 하고 있다고 들었다.

그 모습은 무척이나 귀엽고, 인간미가 느껴지지 않을 만큼 매우 수려한 얼굴을 하고 있다고 했다.

왕가의 인간은 옛날부터 정령의 모습을 그 눈으로 볼 수 없었다. 유일하게, 인간과 계약한 정령만을 볼 수 있었다. 하지만 왕가의 인간이 접근하면 정령은 초조해하며 마치 도망치듯이 사라져 버렸다.

왕가의 인간이 정령과 계약할 수 없게 된 이유는 해명되지 않은 채, 2백여 년의 시간이 흘렀다.

이대로는 주변 여러 나라들로부터 정령에게 버림받은 나라라며 얕보일 뿐이었다. 유일하게 로벨이라는 존재가 이 나라의 중요한 버팀목이 되어 주고 있다는 사실을, 본인은 그다지 자각하지 못하고 있는 것이리라. 거기에 더해 로벨의 딸은 정령의 피를 이었다.

라비스엘은 자신의 열두 살과 아홉 살 된 아들들을 떠올렸다.

"짝으로 맞추기 딱 좋군."

로벨의 의사와는 정반대로 상황을 마구 휘저을 수 있다면, 그것만큼 유쾌한 일은 없을 터였다.

"로벨이 있으면 됐다고 생각했었는데⋯⋯."

재미있는 존재를 찾았다며 라비스엘은 웃었다.

로벨에게 불려간 알베르트는 차분한 표정을 하고서 로벨의 말을 기다렸다.

"네가 왜 불려 왔는지 아나?"

"네."

"네가 이 가문을 위해 한 행동이었다는 건 들었다. 그렇다고는 하나 내 딸을 거래 재료로 삼다니, 달리 할 말이 있나?"

"⋯⋯죄송합니다!"

알베르트는 고개를 숙이고 온 마음을 다해 사죄했다. 왕가와의 인연이 계속되는 것이 이 가문을 위한 일이라고 여겼다. 그것이 당사자들에게는 매우 민폐인 이야기일 거라고는 생각지도 못했던 것이다.

"전하와 관계를 끊었다는 건 사실인가?"

"틀림없습니다. 저는 아가씨의 대답을 전달하면서 이것이 마지막이라고 전하께 말씀드렸습니다."

순순히 입을 연 알베르트의 그 말은 사실이었다. 로벨은 아내의 수경으로 알베르트를 보고 있었던 것이다.

"……"

로벨은 알베르트를 노려봤다.

잠시나마 로벨의 가족을 뒤에서 지켜보았던 알베르트는 지금에 서야 로벨의 역린을 건드렸다는 사실을 이해했다.

며칠 전까지, 아기엘이 원인이 되어 반크라이프트가는 몰락 직전 까지 내몰려 있었다.

이대로는 은혜를 입은 명가가 무너지고 만다고, 알베르트는 왕가 에 아기엘의 소행을 간절하게 호소했던 것이다. 그 호소를 들어주 었던 것이 라비스엘 전하였다.

"너는 왕가와 정령의 불화를 몰랐을 것이다. 우리에게 민폐가 될 거라고는 생각도 못했으리라는 것도 안다. 허나, 엘렌은 네 탓에 왕 가의 눈에 띄고 말았다."

"……"

로벨의 말이 가슴을 찔렀다. 로벨이 아기엘을 싫어했던 것처럼 정령도 왕가를 싫어했다. 설마 그런 상황일 거라고는 전혀 생각도 못하고 한 행동이었지만, 당사자들로서는 참을 수 없는 일이었다.

아기엘의 악몽에서 겨우 해방되었는데, 알베르트의 손에 의해 또 다시 악몽이 찾아오려 하고 있었다.

엘렌은 그 사정을 제대로 설명해야만 한다고 로벨을 설득했다.

방 안은 정적에 휩싸였다. 어느 쪽도 입을 열지 않았다. 잠시 후,

로벨이 먼저 입을 열었다.

"……엘렌이 너와 이야기를 하라더군."

로벨은 한숨을 토해내면서 말을 이었다.

"너와 제대로 이야기를 하지 않으면 엘렌이 나와 대화해 주지 않을 거라고 했다."

무슨 말을 하는 것인지, 알베르트는 순간 이해하지 못했다.

눈을 동그랗게 뜬 알베르트에게 로벨은 분하다는 듯이 말했다.

"엘렌이 어째서 전하의 편지를 읽지 않고 태웠는지…… 너는 그 이유를 알고 있나?"

책망하는 로벨의 말이 잇따라 가슴에 꽂혔다. 엘렌은 아기엘의 딸과 같은 여덟 살짜리 소녀였다. 하지만 겉모습과는 다르게 엘렌은 상황을 순간적으로 간파하고, 그리고 판단을 내렸다. 그 모습은 옛날의 로벨을 연상케 했다.

"아가씨는 저를…… 도와주셨습니다."

전하의 편지는, 이제 더는 알베르트에게 볼일이 없다고 말하는 것이나 마찬가지였다. 편지를 엘렌에게 건네면 반크라이프트가에서 내쳐졌을 것이고, 반대로 건네지 않으면 전하로부터 처벌 명령이 내려왔을 것이다.

그것을 구해준 것이 엘렌이었다.

"너는 아버님만이 아니라…… 내 딸에게도 도움을 받았다는 자각이 있나?"

"……물론입니다."

좋은 일이리라 생각하며 취한 행동은 예상과 달리 반크라이프트 가에 폐를 끼쳤다.

자신은 대체 무슨 짓을 했던 것일까. 알베르트는 자기혐오에 빠졌다.

"……나는 너를 믿을 수 없다."

로벨의 말에 알베르트는 굳어졌다. 자신이 저지른 일의 결과라고 이해했다. 그러나 반크라이프트가에 버림받는다 생각하자 알베르트는 창백해졌다.

"너는 한동안 감시를 받게 될 거다."

"네."

당연하다. 알베르트는 깊게 고개를 숙였다.

"너를 사우벨의 시종으로 복귀시키겠다."

"……네?"

"못 들은 건가?"

"아, 아닙니다!"

"엘렌에게 감사하도록."

그렇게 말을 남긴 로벨은 방에서 나갔다.

남겨진 알베르트는 넋이 나가 있었다.

목을 베일 각오로 로벨의 부름에 응했건만, 머리가 상황의 흐름을 따라가질 못했다.

"……나는."

혼자 남겨진 방 안에 알베르트의 말이 울렸다.

주군의 아버님께 이 목숨을 구원받았고, 목이 베어지기 직전이었던 궁지에서 로벨의 딸에게 구원받았다.

알베르트는 눈을 감고 오른손을 가슴에 대고서 아무도 없는 방에서 허리를 숙였다.

한동안 그대로 미동도 하지 않은 채, 고개를 계속 숙이고 있었다.

*

엘렌은 로렌과 이자벨라와 놀고 있었다. 정원에서 즐거워하는 엘렌의 목소리가 들려왔다. 그것을 멀리서 확인한 로벨은 걸음을 옮겼다.

로벨의 모습을 보고서도 엘렌은 힐끔 시선을 줄 뿐 아무런 말도 하지 않았다.

빙글 등을 돌리고 이자벨라 뒤로 쏙 숨어버렸다.

"……무시?! 무시인 거야?!"

충격을 받은 로벨은 한심스러운 표정을 지었다.

"어머, 로벨. 무슨 일이니?"

"아……아니, 엘렌한테……."

흥 하고 고개를 돌리는 딸의 모습에 로벨의 눈꼬리가 축 처지고 말았다.

그런 로벨을 본 이자벨라는 어이가 없어졌다.

"알베르트와는 제대로 이야기를 했니?"

"아, 그럼요. 확실하게 근신은 풀어줬습니다. 엘렌, 그러니까 이쪽을 봐주렴. 아버지는 알베르트와 제대로 이야기를 했어. 그러니까 용서해주지 않겠니?"

로벨이 그렇게 말하자 이자벨라의 치맛자락을 꼬옥 쥐고 있던 엘렌이 고개만 쏙 내밀었다.

"……아버지."

"엘렌!"

엘렌이 입을 열자 로벨의 얼굴이 활짝 풀어졌다.

"아버지는 주변 분들과 제대로 이야기를 해야 한다고 생각해요. 뭐가 민폐가 되는지, 인간과 정령은 서로 가치관이 다르니까요."

엘렌의 말이 가슴에 박혔다. 분명 그랬다. 로벨과 엘렌은 인간이지만 정령이기도 했다.

정령에게 있어 무엇이 안 되는지, 사전에 주변에 제대로 설명해둘 필요가 있었던 것이다.

"아버지는 그런 것들을 게을리해놓고선, 이 집을 생각해서 행동한 알베르트 아저씨만 탓하는 건 잘못이에요."

"……응."

로벨의 의기소침한 태도에 엘렌은 그제야 이자벨라의 뒤에서 모습을 드러냈다.

주눅이 든 로벨은 무릎을 끌어안고 낙담하고 있었다. 자신보다는 딸이 주변을 제대로 보고 상황을 판단하고 있었던 것이다.

풀이 죽어 바닥에 동그라미를 그릴 듯한 기세인 로벨의 모습에 엘렌은 「괜찮아, 괜찮아요」 하고 로벨의 머리를 쓰다듬었다.

그 모습에 이자벨라가 「어머, 어머」 하는 소리를 냈다. 어느 쪽이 부모인지 알 수 없는 광경이었다.

하지만 엘렌에게 용서를 받은 로벨은 와락 엘렌을 끌어안았다. 뺨을 맞대고 부비며 엘렌에게 매달리는 그 모습에 주변 사람들은 기가 막힌다는 시선을 보냈다.

끌어안긴 엘렌도 「이 녀석은 정말······」이라고 말하는 듯한 차가운 눈을 하고 있었지만, 로벨은 눈치채지 못했다.

"아버지가 저를 생각해 주고 계신다는 건 알고 있어요. 하지만 미끼로 삼으시려거든 저한테도 제대로 알려 주세요. 무심코 아버지께 반격해버리고 말았잖아요. 그리고 능구렁이 씨에 대한 대응은 아버지도 함께 생각해 주실 거죠?"

어마어마한 반격이었어······라며 로벨은 먼 곳을 바라보듯 아련한 눈빛을 했다.

게다가 딸에게 무시당하는 치명타까지 맞고서 반죽음을 맛보게 되리라고는 생각지 못했다.

"물론이라고 말하고 싶지만, 능구렁이 씨는 누구를 말하는 거니? 아, 아니, 전하라는 건 알겠는데, 그게 무슨 의미니?"

"의미는 속내가 새까맣고 간계를 꾸민다든가 음험하고 심술궂은 사람이라는 뜻이에요!"

엘렌의 설명에 그 자리에 있던 로렌, 이자벨라, 로벨이 웃음을 터뜨렸다.

"정말이지 딱 맞는 말이야!"

크게 웃는 로벨에게 엘렌은 이런 말을 덧붙였다.

"참고로 아버지도 능구렁이예요."

"뭐라고?!"

이자벨라와 로렌이 한 번 더 웃음을 터뜨렸다.

＊

엘렌 금단 증상이 나타났던 로벨은 한동안 엘렌을 끌어안은 채 놓아주지 않았다.

"아버지, 성가셔."

신랄한 말을 듣고서야 겨우 엘렌을 풀어준 로벨은 다시 의기소침해졌다.

"그것참, 로벨 님의 의외의 다양한 일면을 볼 수 있어서 재미있군요."

"그러게. 내 아들이 저런 표정을 지을 줄은 꿈에도 몰랐어."

이자벨라는 차를 즐기고 있었고, 로렌은 그 뒤에서 대기하고 있었다. 두 사람은 조금 전 엘렌이 했던 말을 떠올렸다.

『아버지는 주변 분들과 제대로 이야기를 해야 한다고 생각해요. 뭐가 민폐가 되는지, 인간과 정령은 서로 가치관이 다르니까요.』

엘렌의 말은 자신들과의 앞으로의 관계를 시사하고 있었다. 반정령이 되어 버린 로벨이 혹시 인간인 자신들과 거리를 두는 것은 아닐까 하며 불안했던 것이다.

엘렌은 그것을 제대로 이해하고 있었다. 그리고 앞으로의 관계를 유지해 나가기 위해 주변 사람들과 제대로 이야기를 나누어야 한다고 깨우쳐 준 것이다.

"엘렌 아가씨는 정말로 훌륭하십니다."

"정말이라니까."

종족이 달라도 가족으로 있기 위해……

그것이 얼마나 기쁜 일인지, 엘렌이 알 수 있을까.

엘렌의 존재는 반크라이프트가의 부흥뿐만 아니라, 사용인을 구하고 가족의 관계도 회복시켜주고 있었던 것이다.

그다음은 순식간이었다. 로벨을 용서한 후, 사용인들도 다 같이 모여 마음껏 놀았다.

정원에서 술래잡기를 하고 숨바꼭질을 했는데, 사용인이 숨고 엘렌이 찾는 차례가 되자 사용인들의 은밀 기술이 발휘되어 그 모습을 전혀 찾을 수가 없었다.

엘렌이 곤혹스러워하고 있으려니 로렌이 「도와드리겠습니다」라며 발치에 떨어져 있던 돌을 주워 던졌다.

그러자 으아악! 하는 비명과 함께 나무 위에서 남자가 떨어졌다.

남자는 쿵 하고 떨어지는 것이 아니라, 익숙한 듯 공중에서 빙글 한 바퀴를 돌고 척 하고 지면에 내려섰다. 그 몸동작을 통해 잘 훈련되어 있음을 알 수 있었다.

놀라서 굳어 있는 엘렌에게 곁에 선 로렌이 「이 정도로 다칠 만한 자는 고용하지 않았습니다」라며 웃었다.

"할아범, 대단해! 찾았어요!"

"허허허."

수풀이나 나무 위를 아래에서 올려다보는 것만으로는 발견되지 않는 모양이다.

"모두들 나무 위에 있는 거려나? 에잇~!"

엘렌은 나무에 매달려 흔들어보려고 했다. 끄응~ 끄응~ 하고 열심히 흔들려고 했지만, 엘렌의 몇 배나 되는 굵은 줄기는 꿈쩍도 하지 않았다.

그만 전생에 어른이었던 때의 감각으로 착각했다. 정령인 자신은 체중이 거의 나가지 않았다. 힘도 무게도 전부 부족하면서 대체 무얼 하고 있는 것인가 하고 제정신을 차린 순간, 뒤에서 지켜보던 로렌과 로벨의 얼굴이 헤벌쭉 풀어져 있는 것을 알아차리고 엘렌은 얼굴을 붉혔다.

"좋았어~! 아버지도 도와주마~!"

로렌만 공을 세우게 두지 않겠다며 로벨이 나선 순간, 어딘가에 숨어 있던 사용인들의 두려움이 전해져 온 것만 같은 착각이 들었다.

대체 무슨 일인가 싶어 엘렌이 눈을 동그랗게 뜨자, 로벨은 허리에 차고 있던 검을 슥 뽑아 들었다. 그 순간 로벨의 표정이 냉혹한 미소로 바뀌었다.

꽃미남은 어떤 얼굴을 해도 그림이구나 하고 느긋하게 바라보고 있자, 그다음부터는 로벨의 독무대가 되어버리고 말았다.

로벨은 휙 뛰어올라 사용인을 포착하고서 검을 내질렀다. 숨어 있던 사용인들이 허둥지둥 도망쳤다. 거미 새끼들이 흩어지듯이 뿔뿔이 도망친 사용인들을 놓치지 않겠다는 듯, 로렌은 웃으며 그 뒤를 쫓았다.

그 모습에 눈을 빛내는 동시에 어이없어하는 엘렌의 옆에서 로렌이 「로벨 님은 변함없으시군요」 하며 웃었다.

"엘렌, 여기 과자가 있단다!"

이자벨라도 별일 아니라는 듯이 다과를 준비하고서 엘렌을 불렀다.

"아, 네."

아비규환이 메아리치는 정원을 바라보면서 차를 마시는, 뭔가 이상한 오후가 되었다.

해 질 녘이 되어 정령계로 돌아가겠다고 하자 반크라이프트가의 사람들과 사용인들이 모두 나와 배웅을 해주었다. 이자벨라와 로렌은 울음을 터뜨리고 말았다.

"할머님! 또 놀러 와도 되나요?"

"물론이지~! 엘렌~~!"

꼬옥 끌어안겼다. 엘렌은 간지럽다는 듯이 웃으면서 이자벨라의 뺨에 쪽 입을 맞췄다. 그리고 로렌에게도 다가가 똑같이 인사를 했다.

사우벨은 머리를 쓰다듬어 주었다. 그 옆에서 대기하고 있던 알베르트와 시선이 마주쳤다.

"……아가씨."

"아저씨, 잘됐네요. 뭔가를 할 때는 반드시 사우벨 삼촌과 상담해 주세요."

엘렌이 그리 말하며 웃자 알베르트는 울음을 터뜨릴 것처럼 얼굴을 잔뜩 일그러뜨렸다.

"고맙습니다. 이 은혜는 평생 잊지 않겠습니다."

"딱히 오래 헤어져 있는 건 아닐 텐데요……."

지금부터 한동안, 로벨과 함께 반크라이프트가의 사업에 참여하게 될 터였다. 광산 시찰 등, 만날 기회는 얼마든지 있을 것이다.

"아뇨, 마음만이라도 전할 수 있었으면 해서……."

"알았어요. 알베르트 아저씨."

그렇게 말한 엘렌은 알베르트의 뺨에도 입을 맞췄다. 알베르트는 왠지 얼굴을 붉히고 있었다.

그러자 사우벨이 「……나한테는?」이라며 침울해했다.

"……절대 움직이시면 안 돼요?"

"어째서 경계당하고 있는 거지……?"

"엘렌은 수염을 싫어하거든."

"엑?"

사우벨의 의식이 로벨에게로 향한 순간을 노리고 쪽 하고 뽀뽀했다.

'우으…… 따끔따끔해.'

그런 마음이 얼굴에 드러났는지 사우벨은 충격을 받은 표정을 했고, 로벨은 크게 웃음을 터뜨렸다.

모두에게 바이바이~ 하고 손을 흔들면서 웃는 얼굴로 인사했고,
엘렌과 로벨은 전이해서 정령계로 돌아갔다.

로벨과 엘렌이 돌아가 버리자 이자벨라는 순식간에 울적해지고
말았다.

"쓸쓸해지겠어…… 내일 또 놀러와 주려나?"

"이자벨라 님, 그건 좀 너무 빠르지 않을까 싶습니다만."

하지만 그렇게 말하는 로렌도 이자벨라 못지않게 울적한 표정을
하고 있었다.

"저기, 사우벨."

"네? 왜 그러십니까?"

"마을에 있다는 아이는 언제 데려와 줄 거니?"

자신으로 표적을 바꾼 이자벨라를 보며 사우벨은 쓴웃음을 지었다.

서재로 돌아가자마자 사우벨은 로렌에게 상담해야 할 이야기를
꺼냈다.

"로렌, 예의 광산 말인데……."

"예. 그 산은 지금 사람이 드나들지 않습니다. 하지만 폐쇄도 하
지 않았습니다. 폐쇄한다고 해도 다시 한 번 조사를 할 필요가 있
을 겁니다."

"그래, 그걸 이용하도록 할까."

시기를 봐서 조사라 칭하며 로벨과 엘렌을 동석하게 한다. 그리

고서 다시 자원을 채취할 수 있다는 것을 알았다고 하면, 그것만으로도 충분한 사업이 될 것이다.

"정말 다행이야…… 내 대에 이 집안이 망하지 않게 되어서……."

의자에 걸터앉으면서 사우벨은 진심으로 안도한 표정으로 쓴웃음을 지었다.

이제 시작이건만, 아기엘을 쫓아낸 것만으로 피로감이 엄청났다.

"형님이 돌아오자마자, 어쩐지 행운이 계속되는군."

"지금까지가 이상했던 겁니다."

로렌은 그렇게 말하며 웃었다. 어느 틈에 준비를 해두었는지, 책상 한쪽에 차를 내려놓으며 마실 것을 권했다.

"경계해야 할 것은 왕가인가……. 형님이 못을 박아두었으니 당분간은 괜찮을 듯하지만……."

"사우벨 님, 그 문제에 관해 조금 드릴 말씀이……."

"응?"

"가능한 한 서둘러 사우벨 님의 배우자분을 이 집에 모셔와 주십시오."

"갑자기 무슨 말이지?"

"왕가의 눈을 교란시키기 위해서도, 이 집안을 위해서도, 그 자리를 대신할 분이 필요하다고 생각합니다."

"……엘렌을 대신해 내 딸을 교란에 이용하란 말인가?"

"아뇨. 후계자를 말씀드리는 겁니다."

"그쪽인가……."

"라비스엘 님이 즉위하면, 왕명으로 후계자의 존재를 확인했다며 엘렌 님에게 주목이 집중되도록 농간을 부릴 겁니다. 그 전에 반크라이프트가에는 아이가 있다는 사실을 분명하게 세상에 알려야만 합니다. 사우벨 님에게 사죄라는 명목으로 맞선을 제안할 가능성도 있습니다."

"아아, 그렇게 되는 건가……."

아기엘이 없어진 지금, 세간에는 반크라이프트가의 후계자가 사라졌다는 인식이 퍼져 있을 것이다.

외부에 아이가 있다는 사실이 알려지면 그것은 그것대로 추문이 될 테지만, 그 아기엘의 소행 때문에 어쩔 수 없었을 것이라며 동정을 살 수 있을지도 모른다. 다른 간섭이 들어오기 전에 이번에야말로 사랑하는 사람과 하나가 되어야 한다고, 로렌은 그렇게 말하고 있는 것이다.

"하지만 내가 재혼할 수 있는 건 3개월 후인데?"

"아뇨, 충분합니다. 드레스 준비 기간도 필요하니, 가능하면 내일이라도……."

"자, 잠깐 기다려! 너무 급하잖아!"

"무슨 말씀이십니까. 설마 이 이상 기다리게 하실 셈입니까?"

사우벨은 로렌의 등 뒤에서 검은 무언가가 보인 듯한 기분이 들었다.

지금까지는 아기엘이 집에 있었던지라 위해가 가해지지는 않을까 싶어 이쪽에 접근하지도 않았다.

그랬던 것이 이제야 겨우 쌍수를 들고서 환영할 수 있게 된 것이다. 그 사실을 이해하자 사우벨은 어쩐지 견딜 수 없는 부끄러움이 덮쳐드는 것을 느꼈다.

이자벨라에게도 방금 전에 그런 말을 들었다. 그것이 외부에 있는 아내와 아이를 환영한다는 신호였다는 사실을 이제야 깨달은 것이다. 하지만 그 전에 해야 할 일이 많았다. 아기엘이 벌인 일의 뒤처리도 아직 남아 있었다.

아기엘의 낭비 내역을 서류로 정리하여 왕가에 제출하고, 아기엘의 물건도 돌려보내고, 아기엘의 방으로 쓰였던 방의 장식품도 전부 처분해야 한다.

새롭게 아내와 아이를 맞이하는데, 아기엘이 썼던 물건 같은 건 하나도 남겨두고 싶지 않았다.

그리고…… 여전히 자신을 기다리고 있는 사랑하는 사람에게 보낼 말도 생각해야만 한다.

쓴웃음을 지으면서도 사우벨은 한동안 바쁘게 생겼다며 한숨을 쉬고, 로렌의 말을 받아들였다.

하지만 그 마음은 어쩐지 밝았다.

"우선은, 수염을 깎을까……."

자그맣게 중얼거린 그 말에 로렌은 하마터면 웃음을 터뜨릴 뻔했다.

*

텐바르성에서는 아기엘이 소란을 피우고 있었다.

아미엘은 침울해하며 방에서 나오지 않았다. 아기엘이 벌이는 횡포들은 순식간에 온 성안에 퍼졌다.

더구나 반크라이프트가에서는 그런 행동을 당연하게 여기며 지냈다고 하니, 주변인들은 할 말을 잃고 말았다.

"적당히 하지 못하겠느냐!"

"어째서?! 나는 왕녀잖아! 어째서 내 말을 아무도 듣지 않는 거야?!"

"네가 하는 말은 그저 떼쓰기에 불과하다. 왕가의 사람으로서 가져야 할 기품조차 잃어버린 주제에, 그 분통이 치미는 입을 다물거라!"

왕은 아기엘의 살찐 모습을 보며 그렇게 내뱉었다. 드레스 고르는 일 하나에서도 품위가 느껴지지 않았다.

반크라이프트가에서 보내진 물건들을 본 시녀들은 참혹할 정도의 디자인에 말문이 막히고 말았다.

사들일 수 있을 만큼 사들인 쓸데없는 물건들. 그것들 하나하나가 매우 값비싼 물것이라는 것만큼은 알 수 있었다.

집안의 돈을 마구 써댔다고 하는 소문이 단숨에 현실성을 띠었다. 거기에 더해 반크라이프트가에서 청구된 금액에, 왕과 라비스엘이 동요하며 서류를 떨어뜨리고 말았을 정도였다. 거기에 추가타를 날리듯, 아직 계산되지 않은 상태였던 물건의 청구서도 날아들었다.

아기엘의 소행이 얼마나 심각했는지를 실감하며 성의 사람들은 머리를 감싸 쥐었다.

"아기……."

"라비스 오라버니! 나 좀 구해줘!"

"무슨 말이지? 폐하와 내가 네가 벌인 일들을 뒤처리하고 있다는 걸 알기는 하는 거냐."

라비스엘의 말에 아기엘이 어리둥절해했다.

"뒤처리라니, 그게 뭔데?! 나는 아무것도 안 했어!"

"아직도 모르는 게냐……."

"네가 써버린 돈 말이다. 이렇게 취향 나쁜 물건에 잘도 헛돈을 써댔구나."

왕은 기막혀했고, 라비스엘은 웃었다. 하지만 두 사람 모두 눈은 전혀 웃고 있지 않았다.

"라비스 오라버니, 너무해!"

"너무하다고? 네 행실 쪽이 너무하다고 본다만? 어제는 시녀에게 폭력을 휘둘렀다지?"

현재 이 방에 시녀는 없었다. 다부진 체격을 한 기사가 문 앞에 서서 아기엘이 밖으로 나가지 못하도록 경계하고 있을 뿐이었다. 현재 아기엘은 거의 연금 상태였다.

딸인 아미엘은 의기소침해 있을 뿐인지라 별실에서 상태를 살피고 있었다. 하지만 아기엘의 딸이라며 시녀들은 차가운 태도를 보였다. 거기에도 충격을 받은 모양이었다.

"아기엘, 아미엘의 아버지는 누구냐!"

"무슨 말이야? 어째서 의심하는데?!"

"네가 네 입으로 말했다지? 사우벨의 아이가 아니라고."

"그래, 맞아. 그야 로뵐 님의 아이가 될 테니까."

"그런 의미가 아니야. 너는 누구의 아이를 낳은 거냐고 묻고 있는 거다."

"……"

아기엘은 분하다는 듯이 까드득 이를 갈았다. 아무리 기다려도 그 입이 열리는 일은 없었다.

"상대는 평민인가? 아니, 혈통에 연연하는 네가 평민의 피를 받아들일 리는 없다고는 생각하지만……."

"모욕이야!"

"어째서 그렇게까지 감추지? 아미엘의 출생이 의심받고 있단 말이다."

"아미엘은 내 딸이야! 왕가의 피를 이었으니 상관없잖아!"

왕과 라비스엘은 매우 불쾌한 얼굴을 했다.

"……꺼려지는 상대인 것이냐? 말하기를 주저할 정도로 불쾌한 상대인 것이야?"

아기엘의 태도는 아미엘의 아버지라고 인정하고 싶지 않은 상대가 부친이라는 것을 의미하고 있는 것이 아닐까?

라비스엘은 생각에 잠겼다. 그리고 이번에는 화제를 바꾸기 위해 미소를 지으며 아기엘을 바라보았다.

"앞으로 너와 아미엘은 다른 곳에서 살기로 정해졌다."

"무, 무슨 소리야?!"

"네 옆에서 아미엘이 제대로 자랄 리가 없다. 앞으로는 내 아이들과 함께 이 성에서 교육을 받게 될 거다."

"……잠깐, 나랑은 다른 곳이라고?"

"그래, 맞아."

"너는 나와 함께 간다!"

왕의 외침에 큰 소리를 내며 문이 열렸다. 열린 문에서 여성 병사들이 여럿 들어와 아기엘의 팔을 잡았다.

"무례하게 무슨 짓이냐!"

"아기엘, 무례한 건 너다. 그 근성을 고쳐주마!"

그리 내뱉는 왕의 모습에 아기엘은 절망한 표정을 지었다.

"어째서…… 어째서 그러는 건데? 나는 로벨 님과 함께 있고 싶었을 뿐인데."

아기엘의 말에 라비스엘이 소리 내어 웃었다.

평소에는 하지 않을 법한, 품위 없이 소리 내어 웃는 라비스엘의 모습에 주변의 기사들은 물론이고 아버지인 왕조차도 놀란 표정을 지었다.

"아기가 로벨을 좋아한다고 한들 소용없는 짓이야. 아기는 로벨에게 크게 미움받고 있으니까. 아니, 반크라이프트가의 사람들 모두에게인가?"

"거짓말!"

"거짓말이 아냐. 실제로 로벨은 사랑하는 사람과 결혼해서 아이도 있단다."

그 말에 충격을 받은 듯 아기엘은 멍하니 라비스엘을 바라보았다.

"거, 거짓말…… 거짓말이야……."

"아기 너도 누군지도 모를 남자와의 사이에서 아이를 만들었잖아? 어째서 거짓말이라고 생각하는 거지?"

완전히 힘이 빠져버린 아기엘은 그 자리에서 무릎을 꿇었다. 망연자실하면서도 중얼중얼 무언가를 중얼거리는 그 모습은 주변 사람들의 눈에 꺼림칙하게 보였다.

그대로 여성 병사들에게 연행되어 가는 아기엘의 뒷모습에 라비스엘은 참을 수 없다는 듯이 한참을 웃었다.

제2화 새로운 파란의 시작

　로벨은 그 후로 때때로 본가에 돌아와 동생을 도왔다.

　초반에는 영지에 얼굴을 내비치는 등, 여기저기에 끌려 나가야 했다. 가는 곳마다 축하라며 술자리가 벌어졌고, 로벨은 한숨을 내쉬었다.

　밤늦게 돌아온 로벨에게 「다녀오셨어요」 하며 달려가던 엘렌의 발이 딱 멈추었다.

　"……술 냄새 나."

　코를 막고서 얼굴을 찌푸리는 엘렌의 태도에 로벨은 목욕을 하고 오겠다며 서둘러 성의 복도를 달려갔다. 그 모습을 보고 있던 오리진은 어머머 하고 자신과는 관계없는 일인 양 중얼거릴 뿐이었다.

　목욕을 마친 로벨은 서둘러 엘렌이 있는 곳으로 달려갔다.

　"오리, 엘렌~ 다녀왔어~~!"

　"아버지, 어서 오세요. 하지만 머리카락이 아직 젖은 채예요."

　포옹하는 로벨의 머리카락에서는 물방울이 뚝뚝 떨어지고 있었다. 엘렌이 수건으로 문질문질 머리카락을 닦아주자 로벨은 기쁜 표정을 지었다.

　"엘렌, 더 세게 하렴!"

　"네~!"

어머니의 허가를 받은 엘렌은 기세 좋게 북북 로벨의 머리카락을 마구 문질러댔다.

"으아앗! 잠깐만, 저기, 두 사람 다 그만……!"

마무리된 로벨의 머리는 훌륭하게 까치집이 되어 있었다.

그 모습을 본 모녀는 아하하! 하고 웃었다.

"정말이지~ 너무하네~."

로벨이 입을 삐죽이자 엘렌은 웃으면서도 「잘못했어요」 하고 사과하며 로벨의 머리를 정리해주었다.

"어머, 잘 어울렸는데."

오리진은 여전히 큭큭 웃고 있었다. 하지만 그 미소 속에서 정체를 알 수 없는 무언가를 느꼈는지 로벨의 입가가 움찔 굳어졌다.

"……오리? 뭔가 화난 거야?"

"어머, 아닌데?"

이건 분명 화가 난 거라며 로벨은 엘렌을 돌아보았다.

"어머니가 왜 화났는지 아니?"

눈을 말똥말똥 뜬 엘렌은 어머니 쪽을 보더니 「아직도 화가 난 거예요?」라며 어이없어했다.

"하지만~."

토라진 아내가 너무 사랑스러웠다. 로벨은 아내의 허리를 끌어안고 「왜 그러는데?」 하고 물었다.

"어머니는 술자리에서 여자들이 아버지에게 치근덕거린 것 때문에 삐치신 거예요."

"꺄악! 엘렌, 배신자~!"

딸에게 그렇게 외치는 아내의 모습이 귀여워서 그만 끌어안은 팔에 힘을 주고 만 로벨은 아내를 달랬다.

"오리진, 미안해. 가능한 한 도망쳐 나오려고는 했는데……."

"……보고 있었으니까 알아."

그래도 기분은 좋지 않았다며 토라지는 아내의 모습에 로벨은 사랑이 담긴 시선을 보냈다.

부모님 주변에 핑크빛 기운이 감돈다며 기막혀하면서도, 엘렌은 분위기를 읽고서 「먼저 잘게요~」 하고 물러나려 했다. 그러자 로벨이 엘렌을 불러 세웠다.

"아, 잠깐만. 두 사람에게 이야기해 두고 싶은 게 있어."

로벨의 말에 모녀는 고개를 갸웃했다.

"동생의 결혼식 날짜가 정해졌어. 거기에 참석해야 하는데, 왕가도 동석하게 되어 버렸지 뭐야……."

한숨을 내쉬는 로벨을 보며 두 사람은 상황을 눈치챘다.

"엘렌, 미안하지만 우리 없이 혼자 있을 수 있겠니?"

"네. 능구렁이 씨는 만나고 싶지 않으니까요."

"어머, 나는 가도 괜찮은 거야?"

"내가 결혼했다는 걸 주변에 제대로 알릴 필요가 있다고 느꼈거든. 아름다운 오리를 다른 남자들 앞에 내놓고 싶지는 않지만."

"어머나."

큭큭 웃는 오리진에게서는 조금 전의 토라진 모습은 찾아볼 수 없었다. 그 사실에 안심했는지 로벨은 오리진의 머리카락을 쓰다듬으며 응석을 받아주었다.

그 모습을 곁눈질하던 엘렌은 정말로 사이가 좋구나 생각하면서 두 사람에게 안녕히 주무시라 인사하고 방으로 돌아갔다.

*

다음 날, 로벨은 사우벨의 서재로 걸음을 했다.

주변에서는 뻔뻔하게도 왕가가 반크라이프트가의 결혼식에 얼굴을 비친다고 수군대리라.

사과의 뜻을 담아서 태연하게 선물을 보내오는 왕가의 방식에 사우벨은 한숨을 내쉬었다.

"그럼, 더할 나위 없이 행복한 광경을 보여줄 수밖에 없겠군."

로벨은 그렇게 말하며 사우벨을 놀렸다. 하지만 왕가의 대표로 오는 자가 바로 그 라비스엘이라는 말을 듣고 금세 꿍꿍이가 있다는 것을 알아차렸다.

"엘렌인가……."

"형님, 어쩌시겠습니까?"

"미안하지만 엘렌은 참석하지 않는 것으로 해주겠어?"

"아쉽지만 괜찮습니다. 엘렌이 더 중요하니까요."

"그렇게 말해주니 고맙다."

하지만 그 라비스엘이다. 뭔가 술책을 부려 엘렌과 만나려 하지 않을까 하며 로벨은 미간을 모았다.

그때, 문을 두드리는 소리가 들렸다. 그 소리에 두 사람은 대화를 멈췄고, 사우벨이 들어오라며 입실을 허락했다.

차가 준비된 왜건을 밀면서 들어온 이는 사우벨의 아내, 아리아였다.

"여보, 차예요."

"……어째서 아리아가? 로렌은 어쩌고?"

"내가 억지를 써서 부탁했어요. 차를 가져가고 싶다고."

아리아는 당황해 변명하면서도 미소 띤 얼굴을 보였다.

결혼식 전이기는 하지만, 이미 이 저택에서는 사우벨의 부인으로서 대우를 받고 있었다.

그녀는 사우벨보다 한 살 어린 스물네 살로, 윤기 있는 긴 흑발을 하나로 느슨하게 묶어 늘어뜨렸다.

처진 눈꼬리에 눈동자는 상냥한 빛을 띠고 있었다. 그런 얼굴로 기쁜 듯이 웃으면 남자는 마음이 매우 흔들릴지도 모른다.

아리아는 일하던 식당의 마스코트였다. 사우벨은 기사단 단장과 그곳에 자주 식사를 하러 갔다고 한다. 거기서 서로 알게 되었고, 사우벨은 아리아를 사랑하게 되었다.

아기엘이 용케 아무 짓도 하지 않았다고 생각했는데, 알고 보니 그 식당은 기사단의 단골집이라 기사단이 모두 나서서 아리아와 딸인 라필리아를 지키며 숨겼다고 한다.

"자네는 사용인이 아니야. 이런 일을 하면 사용인의 일이 줄잖아?"

"······미안해요."

자신의 질책에 침울해진 아리아를 보며 사우벨은 한숨을 내쉬었다.

아리아는 평소 가게 일을 거들었던 탓에 요리를 하려 하거나 정원을 가꾸려 하는 등, 다른 사용인들을 당황하게 하는 모양이었다.

"뭐, 됐어. 차를 주겠어?"

"네, 그럼요. ······저기, 아주버님."

아리아가 부르자 로벨은 무표정한 얼굴로 아리아를 바라보았다.

아리아는 로벨과 눈이 마주치자 그 얼굴을 발그레 붉혔다.

"차, 차······ 드세요."

"네, 고맙습니다."

무표정하게 인사를 하고 컵에 손도 대려 하지 않는 로벨의 모습을 아리아는 줄곧 눈으로 좇았다. 그것을 깨달은 사우벨이 크흠하고 헛기침을 했다.

"고마워. 일이 있으니 그만 나가주겠어?"

"아, 네. 알았어요."

로벨은 예전부터 여성이 준비한 음식을 일절 입에 대지 않았다. 무엇을 탔을지 알 수 없기 때문이다.

로벨의 태도는 평소와 다름없었다. 이 모습이 보통이고, 그 미소를 뿌려대는 모습은 아내와 아이 앞에서뿐이었다.

그런 사실을 모르는 아리아는 미소를 지어 주지 않는 모습에 미움을 받고 있는 것은 아닐까 불안해진 모양이었다. 그것은 그저 이 집에 받아들여지려는 자세에서 온 것이라고만 생각하고 있었는데······.

아쉬워하며 방을 나서는 아리아를 지켜본 후, 사우벨은 한숨을 내쉬었다.

"……저 사람에게 나에 관해 알려 주었느냐?"

"기혼자라고는 가르쳐 주었습니다. 애처가라고도. ……가족이 되는데 소개해 주지 않는 것을 보면 믿을 수 없다고 말하더군요."

사우벨과 로벨이 동시에 한숨을 내쉬었다.

아리아가 반크라이프트가에 처음 왔을 때 딱 한 번 얼굴을 마주하고 인사를 했다. 로벨을 처음 본 아리아는 얼굴을 확 붉혔다. 로벨을 처음 본 여자들은 대부분 비슷한 반응을 보였다. 로벨은 그런 반응을 보이는 여자에게는 바로 거리를 두고 가까이하려 하지 않는데, 그 이후로 아리아는 번번이 「아주버님은?」 하고 물었다.

"식을 올릴 때 오리만은 데리고 가지."

"정말입니까?"

사우벨도 아내의 태도에 불안을 느끼고 있던 것이리라.

아내를 믿지 않는 것은 아니지만, 형의 미모라면 이리 되리라는 것은 어느 정도 예측 가능한 일이었다. 하지만 이렇게 노골적으로, 주변의 눈도 신경 쓰지 않을 줄은 몰랐다.

"사우벨, 나는 당분간 이곳에 접근하지 않으려고 한다."

"혀, 형님?"

"오해가 생기면 껄끄러워지는 건 마찬가지 아니냐? 게다가 그쪽을 너무 비워두면 오리도 토라지니 말이다."

그리 말하며 웃는 형의 모습에 사우벨은 쓴웃음을 지었다.

"형님, 죄송합니다."

"됐다. 신경 쓰지 마라."

그렇게 말한 로벨은 전이하여 정령계로 돌아갔다.

*

수경 너머에서 엘렌과 오리진은 우연히 상황의 흐름을 목격했다.

"……이건."

"세상에, 선전 포고인가?"

"으아아! 어머니, 진정하세요!"

언젠가와 같은 대사를 내뱉은 엘렌은 당황했다.

"상대는 사우벨 삼촌과 결혼할 분이에요. 아버지랑 어떻게 될 리 없어요."

"우우……. 하지만 나름 미인이었……던가?"

그다지 적을 인정하고 싶지 않아 하는 어머니의 모습이 귀엽다고 생각했다.

"어머니랑 비교하면 평범하잖아요?"

"엘렌. 내가 이겼어?"

"압승이에요!"

주먹을 움켜쥐며 역설하는 엘렌의 압승 이유는 여신으로서의 미모는 물론이고 거기에 더해 가슴 사이즈도 포함되어 있었다.

이것만큼은 양보할 수 없다. 그게, 아리아는 있는…… 편이라고 생각하지만, 아마도, A부터 따졌을 때 세 번째 정도이리라.

"아버지는 눈치채고 계셨네요. 아마도 저분과는 두 번 다시 만나고 싶지 않다고 생각하실 거예요."

"그 말대로란다, 엘렌."

갑자기 나타나 뒤에서 빙긋 웃는 로벨의 얼굴은 무척이나 아름다웠다. 그 모습을 보건대 한동안 이쪽을 보고 있었는지, 오리진을 보고 바로 사정을 간파한 모양이었다.

"이리 와, 오리."

"싫어!"

갑자기 어리광을 받아주려 하는 로벨의 태도에 방금 전 모습을 들켰다는 사실을 깨달은 오리진은 부끄러워하며 갑자기 도망갔다.

"술래잡기인가? 좋아, 잡으면 내 마음대로 해도 되는 거지?"

훌륭할 정도로 음흉한 미소를 띤 로벨은 사랑하는 아내를 뒤쫓아 갔다.

그 모습을 어이없는 시선으로 배웅한 엘렌은 주위에 대기하고 있던 정령들에게 전달했다.

『지금부터 아버지와 어머니의 술래잡기가 시작됩니다. 모두 도망쳐요~!』

압전소자와 전기신호 등을 이용해 억지로 확성기 같은 것을 만들어 낸 뒤, 거기에 바람을 조작하여 지역 전체에 경보했다.

으아아아! 하고 당황하며 부산스레 움직이는 정령들에게 동정을 느꼈다.

부모님의 술래잡기나 싸움은 언제나 주위에 커다란 영향을 끼쳤다. ……물리적으로.

"아버지와 어머니는 평소 사이가 좋으니까 괜찮을 테지만……."

엘렌은 고개를 모로 꼬았다. 어쩐지 또다시 좋지 않은 일이 일어날 것만 같은 느낌이 들어 견딜 수 없었다.

다음 날, 잠에서 깨어 밖으로 나가보니 부모님의 술래잡기인지 뭔지가 펼쳐졌던 경로라고 여겨지는 길이 생겨 있었고, 기와나 자갈 같은 것들이 산을 이루고 있었다. 마치 회오리가 휩쓸고 간 것 같은 꼴이었다.

성에서 일하는 정령들이 체념한 얼굴로 성을 수복하기 위해 열심히 움직이고 있었다.

"아버지, 어머니. 잠깐 여기 좀 앉으세요."

어린아이이면서도 바닥을 기는 듯 낮게 깔린 목소리를 내는 딸의 모습에 부모는 창백한 얼굴로 위축되었다.

무릎을 꿇고 앉은 부모님 앞에서 장황하게 설교를 늘어놓는 엘렌의 뒷모습에 다른 정령들은 「믿음직해……」라는 존경의 시선을 보냈다.

물론 그 후 엘렌은 부모님의 저린 두 다리를 콕콕 찔렀고, 두 사람이 「두 번 다시 안 그럴게요!」 하고 울먹거리면서 용서를 구하자 약속을 받아냈다며 의기양양해했다.

*

    사우벨의 결혼식 당일, 정장으로 몸을 감싼 부모님의 모습에 엘렌은 환성을 질렀다.

"아버지, 멋있어요! 어머니, 예뻐요!"

    엘렌이 제 일인 것처럼 기뻐하자, 칭찬을 받은 부모님이 쑥스러워했다.

"고맙구나. 엘렌은 언제나 귀엽단다."

    딸에게 칭찬을 받은 로벨은 헤벌쭉 표정이 풀어졌다. 로벨은 엘렌을 끌어안고 그 뺨에 키스했다. 엘렌은 간지러워서 꺅꺅하고 웃었다.

"그럼 다녀오마."

"엘렌, 수경으로 보는 건 괜찮지만, 절대로 오면 안 된다?"

"네~!"

「다녀오세요」 하고 부모님을 배웅한 엘렌은 수경 앞으로 자리를 옮겼다. 그 능구렁이 씨가 온다는 말을 듣고 나니, 무슨 일이 일어날 것만 같아서 견딜 수가 없었다.

    식이 시작되기 전에 가족들끼리 얼굴을 마주할 시간이 있었다.

    사우벨을 비롯한 반크라이프트가 사람들이 신부의 가족들이 대기하고 있는 별실로 향했다.

    문을 열고 들어온 로벨과 오리진을 본 신부 측 가족 전원은 멍한 얼굴을 하고서 굳어졌다.

그곳에는 사우벨의 딸인 라필리아도 있었다. 머리카락 색이 아버지와 같은 밤색이었다. 눈매는 어머니를 쏙 빼닮았지만, 왠지 모르게 사우벨과 닮아 있었다.

"소개가 늦어져서 미안하군. 아내인 오리다."

"오리야. 잘 부탁해."

고상하게 미소 짓는 오리진의 모습에 그 자리에 있던 대부분의 사람들이 얼굴을 붉혔다. 유일하게 얼굴을 붉히지 않았던 것이 사우벨의 아내가 될 아리아였다.

화려하게 차려입은 어머니의 모습에 기뻐하고 있던 라필리아도 로벨과 오리진의 모습을 보고 뺨을 희미하게 붉히고 있었다. 어머니의 심정은 눈치채지 못한 채, 순수하게 아름다운 사람들을 보고 기뻐하고 있는 듯했다.

사우벨이 라필리아에게 로벨을 자신의 형이라고 소개하자, 라필리아가 「아빠의 형?!」 하고 깜짝 놀랐다.

"아주버님의……."

"그래, 맞아. 나는 당신의 형님이 되는 거려나?"

여신으로서의 위엄이 발휘된 오리진의 아우라에 주변 사람들은 정체를 알 수 없는 무언가를 느낀 모양이었다. 그 자리에 있던 모두가 오리진과 로벨에게서 거리를 두고 있었다. 여신이라는 사실을 몰라도 본능적으로 느끼는 것인지도 모른다.

신부 복장을 하고 있을 터인 아리아보다도 오리진이 눈에 띄었다. 무의식적으로 자신과 비교하고 만 것인지 아리아가 두드러지게 의기소침해졌다.

수경을 들여다보고 있던 엘렌은 이런…… 하고 조금 불쌍한 생각이 들고 말았다.

이 세계에도 하객은 신부보다 눈에 띄지 않는 복장으로 참석해야 한다는 규칙이 있었다.

사우벨은 공작가의 힘을 이용해 나라에서 제일가는 재봉사들에게 신부 의상을 의뢰했다고 한다.

오리진의 복장은 특별한 장식이 없었다. 레이스가 아주 살짝 달린 하이넥 머메이드 드레스와 숄, 머리끈 정도의 차림이었다.

그렇기에 깨닫고 마는 것이다. 머메이드 드레스로 강조된 오리진의 가녀린 체격에서는 상상도 할 수 없는 풍만한 존재를……. 게다가 백금색 머리카락을 올려서 정리하고, 옆으로 늘어뜨려 빙글빙글 말아놓은 옆 머리카락에서는 섹시함이 느껴졌다.

한편 아리아의 복장은 프린세스형에 옷자락을 길게 늘어뜨린 타입의 웨딩드레스였다. 풍성하게 쓰인 레이스가 우아하게 흔들렸다.

소녀들이 동경하는 의상이라고도 할 수 있을 드레스를, 심플한 복장으로 이겨버린 오리진은 역시 여신이라고 할 만했다.

하지만 이것으로 로벨을 향한 묘한 시선 같은 것을 멈추게 할 수 있다면 그것으로 되었다고, 이때의 오리진은 가벼운 마음으로 그렇게 생각했다.

결혼식장인 교회에서는 신랑 측과 신부 측으로 하객이 나뉘어 앉아 있었는데, 신랑 측의 위엄 넘치는 분위기에 신부 측 가족들은 오리진을 보았을 때 이상으로 긴장해 굳어 있었다.

로벨과 오리진의 뒤에 라비스엘 전하…… 아니, 지금은 왕관을 물려받은 폐하가 앉아 있었기 때문이다. 옆에는 왕비와 두 왕자, 왕녀도 나란히 앉아 있었다.

왕가의 사람들은 대부분 빛나는 금발을 갖고 있었다.

왕비 라라루는 상냥하게 미소를 지으면서 아이들을 지켜봤고, 옆에 앉은 폐하와 자그마한 목소리로 무언가를 이야기하며 맞장구를 치듯이 고개를 끄덕이고 있었다. 금발과 커다란 녹색 눈동자는 귀여운 인상을 주었다. 날씬한 몸매로, 왕에게 기댄 모습은 한 폭의 그림 같았다.

제1왕자 가디엘은 라비스엘의 생김새를 닮은 푸른 눈동자를 지니고 있었다. 게다가 열두 살이라고는 생각할 수 없을 정도의 영민함이 배어 나오고 있었다.

제2왕자 라스엘은 왕비를 닮은 녹색 눈동자를 지니고 있었고, 부드러워 보이는 생김새였다. 아직 어린지라 다른 형제에 비해 차분함이 조금 부족했다. 형이 그런 동생을 타이르고 있었다.

왕녀 시엘은 왕비를 빼닮은 미인이었다. 그리고 라비스엘과 분위기가 아주 비슷했다.

게다가 주변에는 근위 기사들이 버티고 있었다. 물론 교회 주변에도 기사가 다수 배치되어 있었다.

어마어마한 위압감에 주위 사람들은 잔뜩 위축되어 있건만, 당사자들은 그 사실을 전혀 신경 쓰지 않는 모양이었다.

엘렌은 수경을 통해 그들을 보고 있었다.

하지만 엘렌은 왕과 왕자들을 둘러싼 검은 안개 쪽이 신경 쓰여 다른 것은 눈에 들어오지 않았다. 수경 너머로도 안 좋은 느낌이 들어 견딜 수 없었다.

잠시 후 결혼식이 시작되었다. 신부가 교회 안으로 입장하고, 식은 순조롭게 진행되었다.

두 사람이 혼인서에 사인을 하고 서로에게 사랑을 맹세했다. 그때였다.

갑자기 탕! 하는 가벼운 소리와 함께 신부의 자그마한 비명이 울렸다.

하객들 사이에서 술렁임과 함께 동요가 일었다.

"왜 그래? 괜찮아?"

"네, 네……. 뭘까요? 갑자기……."

아리아는 곤혹스러워하면서도 지금은 식을 올리는 도중이었다는 사실을 떠올렸다.

"죄, 죄송해요."

"아니, 괜찮은 거면 됐어."

식을 진행하던 신부도 조금 당황한 듯했지만, 아리아가 진정하자

중단했던 식을 재개했다.

그러나 로벨과 오리진은 눈썹을 모으고 조용히 시선을 나누었다.

"……여보."

"그래. 이건……."

로벨과 오리진은 목소리를 낮추고 무언가 귓속말을 나누기 시작했다.

수경을 통해서 모든 상황을 보고 있던 엘렌은 큰일이라고 생각했다. 이것은 틀림없이, 여신 바르의 단죄였다.

로벨과 오리진은 아리아 쪽을 보고 있어서 전혀 눈치채지 못했지만, 엘렌은 보고 말았다. 그 뒤에 앉아 있던 라비스엘이 재미있는 것을 발견했는 듯한 표정을 짓고 있다는 것을…….

'어쩌지!'

식은 그대로 진행되었지만 불가사의한 사건에 관심이 쏠렸는지, 주변 사람들의 분위기가 어수선했다.

이 세계는 여신 신앙이 매우 강해서, 신성한 장소 등에서 뭔가 사소한 일이라도 일어나면 「여신님이 축복하지 않으신다」며 떠드는 자가 많았다.

실제로 사우벨은 3개월 전에 이혼했다. 원래대로라면 재혼할 수 있는 것은 3년 후였다. 하지만 왕족이 전면적으로 사죄를 하면서 특례가 인정되었던 것이다.

이 세계에서 사법국을 통한 이혼 조정은, 여신의 단죄를 두려워하며 피하려는 자가 대부분이었다. 그것을 스스로 원해서 하는 귀족은 아주 적었다.

여신의 단죄는 눈에 보이는 형태가 되어 나타났다. 신체에 가시나무 문양의 멍 자국이 생기거나, 범한 죄를 뉘우치라며 죽지 않을 정도의 심판의 벼락이 떨어지는 것이다.

자칫하여 귀족 측이 단죄를 받게 된다면, 여신에게서 버림받아 몰락해도 이상하지 않았다.

라비스엘은 아기엘의 단죄를 목격했다. 그 탓에 지금 그것이 단죄였다는 사실을 눈치채 버린 것이리라. 저 시커먼 속내라면 반드시 아리아의 단죄를 구실로 꺼내 들 것이라 엘렌은 생각했다.

'뭔가 눈을 돌릴 만한 방법…… 그렇지!'

바로 얼마 전, 부모님의 결혼식에서 하지 않았던가.

그러나 엘렌의 힘으로는 정령계에서 인간계에 곧바로 마법을 전달할 수 없었다. 결혼식장에 직접 찾아갈 필요가 있었다.

부모님을 배웅할 때 절대 식장에 와서는 안 된다고 오리진이 주의를 주었던 것이 뇌리를 스쳤지만, 엘렌은 휙휙 고개를 내저으며 잊어버리기로 했다.

'끝나면 전이해서 도망치면 돼!'

신부의 축사가 끝나버리면 늦고 만다. 부모님께 혼날 것을 각오하고서 엘렌은 인간계로 전이했다.

*

신부의 축사가 끝나고, 축복의 박수와 함께 사우벨과 아리아가 행진하는 바로 그때였다.

엘렌은 긴 천으로 뒤덮이고 꽃으로 장식된 테이블 아래로 몰래 전이했다. 그리고 거기서 마법을 썼다.

'원소 번호 6번, 다이아몬드!'

자그맣게 커팅한 다이아몬드를 라이스 샤워처럼 공중에서 흩뿌렸다.

환상적인 광경이 되도록, 공기 저항을 주어 떨어지는 속도를 늦추었다. 반짝반짝 빛나며 떨어지는 다이아몬드의 빛을 깨닫고 식장에 있던 사람들이 술렁거렸다.

모두가 위를 바라보며 떨어져 내리는 다이아몬드 빛에 시선을 빼앗겼다. 교회의 스테인드글라스에서 들어온 빛을 받아 그것들은 일곱 빛깔 무지개색으로 빛났다.

"이건······."

놀란 사우벨은 어쩌면 형이 꾸민 일인 게 아닐까 하는 생각을 바로 떠올렸다. 정령에게 부탁해 준 것이리라. 운치 있는 일을 해주었다며 사우벨은 행복한 미소를 띠었다.

그에 이끌려 옆에 있던 아리아의 얼굴에도 놀란 표정 대신 미소가 자리 잡았다.

모두가 떨어지는 빛을 향해 손을 뻗었지만, 그것은 눈처럼 스륵 사라졌다.

엘렌은 다이아몬드인 채로 두면 식에 방해가 되리라는 것을 알고 있었다. 그래서 라비스엘의 편지를 없애버렸을 때처럼 도중에 구조 배열을 바꾸어 다이아몬드가 사라지게 해두었다.

아름답고 환상적인 광경은, 이 결혼식이 여신에게 축복받고 있다고 여겨지도록 노린 것이었다.

엘렌의 의도대로, 다이아몬드와 함께 조금 전의 불안한 분위기가 순식간에 사라졌다.

'……잘 풀린 거려나?'

엘렌은 테이블을 덮고 있는 천의 틈새로 몰래 식장의 분위기를 살폈다.

들키지 않도록 몸을 웅크리고 조심스럽게. 이런 때 자신의 자그마한 체구가 유리하다는 것은 참으로 복잡한 심경이라고, 엘렌은 어딘가 아련한 눈빛을 했다.

부모님에게도 들켰으리라. 무심코 로벨의 모습을 힐끔 바라보니, 엘렌을 찾으며 두리번두리번 주변을 둘러보고 있었다. 오리진은 웃고 있었지만, 로벨은 매우 당황해하고 있다는 것이 전해져 왔다. 엘렌은 야단맞을 것을 상상하고 살짝 창백해졌다.

'……이제 괜찮은 것 같으니까 도망치자!'

전이해 도망치려고 한 순간, 시선을 느꼈다.

'응?'

무심코 그쪽으로 고개를 돌린 엘렌은 제1왕자와 시선이 딱 마주치고 말았다.

*

제1왕자인 가디엘은 마음속이 매우 복잡했다.

사촌의 아버지였던 남자가 재혼하는 자리에 어째서 참석해야만 하는 것일까.

왕가로서 반크라이프트가가 매우 중요한 의미를 갖고 있다는 것은 알고 있다.

하지만 왕가로 돌려보내진 후, 줄곧 틀어박혀 있는 사촌과 함께 지내는 상황으로서는, 고모의 행동 탓이라는 것을 이해하고 있다고 해도 도무지 축복할 기분이 들지 않았다.

그런 때, 그 일이 일어났다.

식이 끝나려고 하던 그 순간, 하늘에서 아름다운 돌이 천천히 떨어져 내렸다.

한눈에 보석이라는 것을 알았다. 너무나도 아름다워서 무심코 손을 뻗자, 그것은 스륵 녹아 사라졌다.

놀라움에 눈을 동그랗게 뜨고 있으려니 옆에 있던 라비스엘이 「멋지군」 하고 중얼거렸다.

"가디엘, 이것이 정령에게 축복받는 가문이다. 이러한 일이 당연하다는 듯이 일어나지."

"그렇습니까?"

"우리는 어째서인지 정령과 계약을 맺지 못한다. 그것은 왕가의 오랜 수수께끼지. 정령의 힘은 커다란 힘이 되지만, 그 은혜를 받지 못하는 이상 우리는 반크라이프트가에 의지할 수밖에 없다."

"네."

"아미엘이 마음에 걸려서 내키지 않을 테지? 하지만 개인적인 감정으로 움직이면 지켜야 할 백성들을 위험에 빠뜨리게 되고 만다. 왕가의 사람으로서 가져야 할 우선순위가 있다는 것을 이번 일을 통해 기억해 두거라."

"네, 아바마마."

이것이 정령의 축복인 것인가 하며 가디엘은 환상적인 광경에 넋을 잃었다.

게다가 행복해 보이는 신랑 신부의 모습을 보고서 아주 조금 부러움을 느꼈다.

왕족이 정령 가까이로 다가가면 정령이 겁을 먹고서 도망치고 만다는 것은 정령 마법사를 통해 들어 알고 있었다. 어린 시절, 정령과 사이좋게 지낼 수 없다는 것을 알고서 어째서냐며 떼를 쓴 일도 있었다. 그 일을 떠올리고 가디엘은 아주 조금 쓸쓸한 기분이 되었다.

아주 잠시라도 정령의 힘에 닿고 싶어서, 가디엘은 품위 없는 행동이라는 것을 알면서도 손을 뻗는 것을 멈출 수 없었다.

'나한테도 정령이 보인다면 좋을 텐데……'

그런 기분이 전해진 것인지는 알 수 없었다. 그저 문득 시선을 돌린 곳에 몰래 숨어 있는 자그마한 여자아이가 있다는 것을 깨달았다.

'……어라?'

힐끔힐끔, 몰래 식을 보고 있었다. 어째서 숨어서 보고 있는 것인가를 생각하기도 전에, 가디엘은 허공을 채색하고 있는 빛보다도 그 아이에게 시선을 빼앗기고 말았다.

멀리서도 알 수 있을 만큼 예쁜 은색 머리카락을 하고 있었다. 하늘하늘 흔들리는 머리카락은 빛을 반사하여, 그야말로 지금 허공을 물들이고 있는 다이아몬드와 같은 반짝임을 흩뿌리고 있었다.

설마 하며 멍하니 바라보고 있으려니 그 여자아이와 눈이 마주쳤다. 그 순간, 가디엘의 심장이 두근거렸다.

말이 나오지 않았다. 멀리서 보아도 빨려들고 말 것만 같은 아름다운 아이였다. 다섯 살 정도 되었을까?

멍하니 바라보는 사이, 큰일 났다! 하는 표정을 지은 여자아이가 획 사라지고 말았다.

"아……."

사라지고 말았다. 그렇게 생각한 순간, 환상적인 광경도 동시에 사라져 버렸다.

*

그 후의 식은 순조롭게 진행되었다.

엘렌을 걱정한 로벨은 허둥대고 있었지만, 오리진은 바로 정령에게 연락하여 엘렌을 찾았다. 지금은 무사히 정령계의 성에 있다는 것을 알았고, 두 사람은 돌아가면 설교를 해주리라 마음먹고 그대로 식장에 남았다.

다음 순서는 파티였다. 신랑 신부의 가족이 섞여 함께 식사를 했다.

라비스엘을 비롯한 왕족은 경비 등의 이유로 파티에는 참석하지 않고 일찌감치 돌아갔다.

돌아갈 때, 할 이야기가 있다며 라비스엘이 로벨을 불렀다.

"딸은 참가하지 않은 것인가? 아쉽군. 아들들과 만나게 하고 싶었는데 말이지."

"죄송합니다. 딸은 몸 상태가 좋지 않은 탓에."

"뻔한 거짓말은 됐네. ……아, 그나저나 말이지."

큭큭 웃으면서 운을 떼는 라비스엘의 모습에 로벨은 탐탁지 않다는 듯이 눈을 가늘게 떴다. 라비스엘은 로벨을 스쳐 지나가며 중얼거렸다.

"일이 재미있게 되었어."

큭큭 웃는 라비스엘을 보며 로벨은 겉으로는 드러내지 않은 채 낭패라고 생각했다.

아리아의 웨딩 장갑은 팔꿈치까지 올라오는 타입이었기 때문에 손목이 보이지 않았다.

그러나 떠오르는 것은 아기엘에게 일어났던 여신 바르의 단죄였다.

아리아의 손목에도, 그 가시나무 문양의 멍이 있다면…… 동생은 그냥 넘어가지 않으리라.

"예. 오늘은 축하 자리를 모두 즐기고 있습니다."

태연하게 대답했지만 라비스엘에게는 통하지 않았다.

"그렇군. 일주일 후, 성에서 자네들을 기다리지."

라비스엘은 그리 말하고 실로 즐겁다는 듯이 소리 내어 웃었다.

그럼 이만, 하고 멀어져가는 라비스엘에게 신하의 예를 갖추며 배웅했지만, 로벨의 얼굴은 무표정하게 얼어붙어 있었다.

왕족들의 모습이 보이지 않게 되었을 무렵, 숨어 있던 오리진이 모습을 드러냈다.

"여보……."

"그래, 당했어……."

로벨은 짜증스럽다는 듯이 그렇게 내뱉었다.

*

옷을 갈아입기 위해 방으로 돌아온 아리아는 시녀들의 도움을 받아 머리를 정리하고 있었다.

의상을 갈아입기 위해 먼저 장갑을 벗다가 발견했다. 거기에는 희미하게 가시나무 문양 같은 멍이 들어 있었다.

"뭐, 뭐야? 이건……?"

기억에 없는 멍 자국에 아리아는 당황했다.

그때, 문 너머에서 다급한 시녀의 목소리가 들려왔다.

"지, 지금은 옷을 갈아입는 중이십니다!"

"옷을 입고 있으니 문제없다. 비켜라."

억지로 밀고 들어온 로벨의 모습에 아리아는 바로 뺨을 붉혔다.

자신과 시녀들밖에 없는 이 방을 무슨 일로 찾은 것일까 싶어 가슴이 뛰었다.

머리 한구석에 오리진의 모습이 떠올랐지만, 로벨이 찾아와 준 것은 처음 있는 일이라 무척이나 기뻤다.

"아, 아주버님이셔. 괜찮으니 비켜드리렴."

들뜬 목소리가 나오려는 것을 필사적으로 억눌렀다. 물론 사우벨을 사랑하고 있지만, 로벨을 처음 본 순간부터 두근거리는 이 마음을 억누를 수가 없었다. 불순하다는 것은 알고 있다. 하지만······.

'저런 멋진 분이 아주버님이 되다니······.'

아리아는 가슴이 두근두근 크게 고동쳤다.

기세 좋게 문을 열고 들어온 로벨과 그 아내의 모습에 아리아와 시녀들은 놀랐다. 사우벨의 모습은 보이지 않았다.

"너희들은 나가 있거라."

"네······?"

로벨의 명령에 시녀들이 놀랐다.

"내가 있으니까 괜찮아."

오리진이 미소 띤 얼굴로 그리 말하자 시녀들은 서로의 얼굴을 바라본 뒤 예를 갖추며 물러났다. 그것을 지켜본 뒤, 로벨은 아리아를 차갑게 노려보았다.

그 시선에 움찔 어깨를 떠는 아리아에게 다가간 로벨은 그녀의 팔을 확 난폭하게 잡았다.

"꺅!"

"여보, 화난 건 알지만 난폭한 행동은 안 돼."

한숨을 내쉬는 오리진의 모습에 아리아는 혼란스러워졌다.

어째서 자신이 이런 꼴을 당하고 있는 것인지 공포가 솟구쳤다.

"아무것도 모른다는 얼굴이군."

이쪽을 차가운 눈으로 내려다보며 내뱉듯이 말하는 로벨이 무서 웠다.

덜덜 떠는 아리아에게 오리진도 차가운 말투로 말했다.

"아리아, 당신은 여신의 혼인서에 거짓 서약을 했어."

오리진이 하는 말의 의미를 아리아는 이해할 수 없었다.

"너, 내 동생이 아닌 남자를 마음에 두고 있지?"

로벨의 차가운 한마디에 아리아는 어안이 벙벙해졌다.

"네 손목에 나타난 이 가시나무 멍 자국은 여신 바르의 단죄다."

"다, 단죄……?"

"이건 네가 신 앞에서 거짓 서약을 했다고 하는 죄의 증거다."

죄…….

그 말에 아리아는 새파래졌다.

"너는 내 동생을 속인 것인가!"

로벨의 차가운 시선에 아리아는 울음을 터뜨릴 듯한 얼굴을 하 고서 부정했다.

"아, 아니에요!"

"아니라고? 단죄의 증거가 여기에 있지 않은가?"

가증스럽다는 듯이 내뱉는 로벨을 보고 있던 오리진이 무언가를 깨닫고 그를 제지했다.

"여보. 그 멍 자국, 아직 옅어."

"……?"

로벨이 의아하다는 표정으로 고개를 모로 꼬았다.

"아마도, 그녀가 사우벨을 사랑하고 있다는 건 틀림없을 거야."

"……뭐라고? 그럼 어째서 단죄를 받은 거지?"

"이런 걸 뭐라고 하더라…… 양다리?"

그 말에 격노한 로벨이 「내 동생뿐만이 아니라 다른 남자한테까지 추파를 던진 건가!」라며 추궁하자 아리아는 결국 울음을 터뜨렸다.

"네 죄는 왕가에 알려졌다. 사우벨에게 알려지는 것도 시간문제다."

그 말에 퍼뜩 놀란 아리아는 망연히 로벨을 바라보았다. 얼굴은 점점 창백해졌고, 몸은 덜덜 떨렸다.

"여보, 그만해."

오리진은 너무나도 분노한 나머지 이성을 잃을 기세인 로벨을 나무랐다.

그러자 자각하고 있었는지 로벨이 난처한 듯 오리진에게서 시선을 돌렸다.

오리진은 그런 그를 상냥한 미소로 용서하고, 로벨을 끌어안았다.

"당신이 나와 엘렌을 무척 사랑하고 있다는 건 알고 있어."

"……하지만."

"이번에는 운이 나빴던 거야. 그 능구렁이 왕은 악운이 매우 강한가 봐."

키득키득 웃는 오리진을 보며 로벨은 슬픈 표정을 지었다.

"엘렌이 뭐라고 할지……."

"어머, 그 아이라면 괜찮아."

"……."

"그 아이는 우리의 아이인걸. 예상외의 일을 벌여줄 게 틀림없어. 이번에도 그랬잖아."

키득키득 웃으면서 그렇게 설득하는 오리진에게 아무런 대꾸도 할 수 없었는지 로벨은 아내를 꼭 끌어안았다.

로벨과 오리진이 서로를 끌어안는 모습에 아리아는 자신 안에서 무언가가 부서지는 소리를 들은 듯한 기분이 들었다.

그것을 눈치챘는지 오리진이 이쪽을 바라보았다. 로벨은 오리진을 안은 채 고개도 들려 하지 않았다.

"저기, 아리아. 당신은 타인이 저지른 죗값을 치르기 위해 자신의 딸을 바쳐 속죄할 용기가 있을까?"

오리진의 한마디에 아리아는 머릿속이 새하얘졌다.

오리진은 말을 바꾸어 다시 한 번 말했다.

"타인의 속죄를 위해 자신의 사랑하는 딸을 희생양으로 바칠 수 있겠어?"

"무, 무슨 말을 하는 거야?! 라필리아를 희생양으로 삼다니!"

아리아도 자신의 딸을 사랑하고 있다는 것을 안 오리진은 미소를 지었다.

"당신이 지은 죄를 모른 척해 주는 대신에 우리의 딸을 데려오라고, 왕가는 대가를 요구해 왔어."

죄.

그 말의 의미를 깨달은 아리아는 더욱 새파래졌다.

다리가 덜덜 떨려서 서 있을 수가 없었다. 그녀는 그만 자리에 주저앉고 말았다.

"당신은 여신에게 한 서약을 깨기 직전이야. 그 멍 자국은 바르 언니가 한 경고지. 한눈팔지 말고 사우벨을 진심으로 사랑하도록 해."

"그, 그런…… 그럴 셈은……."

"로벨은 당신을 용서하지 않아. 사랑하는 딸을 희생양으로 만든 원인을 제공한 당신을, 사랑하는 동생을 배신한 당신을 말이야. 이대로 달라지지 않는다면, 당신은 파멸의 길을 나아가게 될 테지."

"……."

"지신의 죄를 속죄할 마음이 있다면, 주변 사람들에게는 그 멍자국이 보이지 않도록 해주겠어. 하지만 그 멍은 당신 눈에는 보일 거야. 그것을 보며 자신의 죄를 반성하도록 해."

뚝뚝 눈물을 흘리는 아리아에게 오리진은 마법을 걸었다. 그 단죄의 증거가 주변 사람들에게 보이지 않도록…….

로벨은 계속 아무 말이 없었다. 아리아를 보는 눈은 차갑게 신용

할 수 없다고 말하고 있었다.

방을 나선 로벨과 오리진의 뒷모습을 지켜보고 있던 시녀들은 머뭇머뭇하며 방 안으로 돌아왔다.

거기에는 망연히 눈물을 흘리고 있는 아리아가 있었다.

무사히 정령계로 돌아온 엘렌은 그대로 수경 너머의 상황을 전부 지켜보았다.

"⋯⋯."

로벨이 저토록 이성을 잃은 모습을 보는 것은 처음이었다.

로벨은 오리진과 엘렌을 온 몸과 마음을 다해 사랑하고 있다. 그것을 방해하는 자는 용서하지 않았다. 그것은 오리진과 엘렌도 마찬가지였다. 모녀에게서 아버지를 빼앗으려 하는 자를 용서할 수 있을 리 없었다.

하필이면 단죄의 순간을, 그 의혹이 될 만한 모습을 왕에게 들키고 말았다. 그것을 재미있다는 듯이 거래 재료로 삼다니, 정말로 폐하는 속이 시커멓다고 생각했다.

이번에 숙모가 된 아리아는 하필이면 결혼식 중에 거짓 서약을 했고, 여신 바르에게 단죄를 받았다.

아니, 단죄라기보다는 오리진의 말대로 『경고』가 되리라.

혼인서의 서약에는 『남편과 함께 서로를 지지한다』라는 부분이 있다. 지구의 결혼식과 그다지 다르지 않았다. 거기에 경고가 내려졌다. 즉⋯⋯.

"아리아 숙모는 사우벨 삼촌과 함께 서로를 지지할 마음이 없는 걸까……."

더욱이 로벨에게도 옳지 않은 마음을 갖고 있는 모양이라며 엘렌은 미간에 주름을 잡았다.

만약 다른 여자들처럼 로벨에게 반했을 뿐이라면 단죄 같은 일은 결코 일어나지 않을 것이다.

또한 사우벨에 대한 사랑이 완전히 식었다면 분명 확실하게 단죄가 내려졌을 것이다. 그것이 경고에서 그쳤다는 것은 사우벨을 여전히 사랑하고는 있지만, 식이 한창 진행되는 중에 다른 남자를 줄곧 생각하고 있었다는 뜻이리라.

가족의 결혼식에서 상대가 그런 생각을 하고 있었다는 것을 알면, 본인이 어떻든 좋은 기분은 들지 않는다.

자기 자신밖에 모르던 아기엘과 동류일 가능성이 있었다.

"하지만, 그것보다 훨씬 성가신 상대가 생겼네요……."

로벨과 오리진은 아직 돌아오지 않았다. 별실에서 로벨이 진정될 때까지 이야기를 하고 있는 모양이었다.

이 이상 보는 건 도는 넘는 짓이라 생각한 엘렌은 수경 보기를 그만두었다.

"그럼, 적의 동정을 시찰해 볼까요."

'능구렁이 씨, 선전 포고로군요. 한번 해보죠.'

엘렌은 싱긋 웃었다.

*

성의 서고로 향한 엘렌은 묵묵히 책을 뒤졌고, 이렇게나 싶을 만큼 책상에 책들을 펼쳐 늘어놓았다. 과거의 자료를 꺼내서 왕족에게 걸린 저주의 경위를 조사했다.

산처럼 쌓인 책들은 당장에라도 무너질 것만 같았고, 뒤에서 대기하고 있던 바람의 대정령이 주저주저하며 이쪽을 보고 있었다.

"아가씨…… 너무 어지르면 어머님과 아버님께 혼날 겁니다."

"괜찮아요, 빈트. 이건 적의 동정을 시찰하기 위한 것이에요. 혼날 이유가 없어요. 아니, 혼 안 날 거예요."

엘렌이 태연하게 말하자 바람의 대정령 빈트가 한숨을 내쉬었다.

빈트의 외모는 20대 후반의 남성으로, 긴 녹색 머리카락을 가진 이지적인 안경 계열 꽃미남이었다. 그는 성에서 일하는 대신이었다.

어째서 엘렌의 뒤에서 안절부절못하고 있는 것인가 하면, 엘렌이 성의 서고에 틀어박히면 전생의 연구원 혼이 되살아나는지, 식사도 하지 않고 쓰러질 때까지 조사를 하기 때문이었다.

자각은 있지만, 습관이 되어 좀처럼 고쳐지지 않았다. 눈을 빛내며 감시하는 부모님이 없는 지금, 엘렌에게 잔소리를 할 수 있는 것은 빈트뿐이었다.

"뭔가 알고 싶은 게 있으시면 저희에게 물어보십시오. 그편이 빠른 일도 있을 거라 생각합니다."

"……아."

그것도 일리 있다며 엘렌는 기억을 떠올렸다. 경찰들이 하는 탐문 같은 것이다. 그렇다. 그 수가 있었다.

편하게 물어보고 답을 얻는 녀석 따위는 연구원이라 할 자격이 없다고 생각했던 것이 깊게 박혀 있는 탓에 그 방법은 머리에서 제외되어 있었다.

엘렌은 고개를 휙 들고 단도직입적으로 물었다.

"텐바르 왕족에게 걸린 정령의 저주에 관한 일화를 아시나요?"

"……어째서 아가씨께서 그런 걸……?!"

"어머니에게 들었어요. 왕족한테서 까만 안개가 나오는 걸 봤거든요. 어머니가 그건 정령의 저주라고 가르쳐 주셨죠."

"설마…… 벌써 보이신다는 겁니까?!"

엘렌에게 그것이 보인다는 걸 알자 빈트가 놀라 소리쳤다.

"그렇지만, 아가씨한테는 아직 이른 게 아닌지……."

"지금은 그럴 때가 아닙니다. 말했지요? 적의 동정 시찰이라고."

"……적이라니 대체 무슨 말씀이십니까?"

사정을 설명한 순간, 빈트의 태도가 180도 바뀌었다.

"그 자식들……! 질리지도 않고 또 뻔뻔하게!"

빈트가 본래의 꽃미남 외모와는 한참 먼 도깨비 같은 형상이 되어 이를 드러내고 손톱을 세웠다. 주변에는 바람이 횡횡 소용돌이쳤다. 책이 팔락팔락 날아갔다. 그 모습에 엘렌은 확신했다. 빈트는 알고 있다고.

"빈트."

"……앗?! 아가씨, 죄송합니다……."

엘렌의 얼굴을 본 빈트는 그 도깨비 같던 얼굴을 순식간에 원래대로 되돌리더니 안색이 창백해졌다.

"알고 있는 거죠?"

웃는 얼굴로 압박하는 엘렌 앞에서 빈트는 창백해진 얼굴로 떨기 시작했다.

                              *

부모님이 돌아왔다. 두 분은 한눈에 보아도 초췌해 보였다. 그 후로 수경을 들여다보지 않았는데, 아무래도 무슨 일이 또 있었던 모양이다.

"……다녀왔어."

"어서 오세요. 아버지, 어머니. 고생 많으셨어요!"

엘렌이 수경으로 상황을 전부 지켜보았다는 것을 알고 있었던 것이리라. 로벨은 미안하구나……라고 힘없는 목소리로 말했다.

지친 로벨은 엘렌을 끌어안으려다 딱 굳어졌다.

엘렌은 멀리에서 슬쩍슬쩍 이쪽을 살피고 있었다.

그 모습을 보니 혼날 것을 알고 있었던 모양이다. 이쪽이 화를 내는 순간 도망칠 준비를 하고 있는 듯도 보였다. 그 모습을 본 로벨은 엘렌이 몰래 정령성을 빠져나와 결혼식이 한창 진행되는 중에 축복을 했다는 사실을 기억해 냈다.

"······엘렌."

"······왜 그러세요?"

눈치를 보며 머뭇머뭇하는 엘렌을 본 로벨은 맥이 풀리고 말았다.

딸의 사소한 작은 행동에 치유 받은 기분이 들었다. 지금은 일단 엘렌을 꼭 안고 싶었다.

"화 안 났으니까 이리 오렴. 사우벨에게 축복을 내려줘서 고맙다. 엘렌."

"······네!"

방긋~! 웃은 엘렌이 로벨의 품으로 뛰어들었다.

로벨은 엘렌을 소중하게 끌어안았다. 미소를 지으며 곁에서 그 모습을 지켜보던 오리진이 입을 열었다.

"엘렌, 보고 있었지?"

"네. 능구렁이 씨의 선전 포고 말씀이시죠?"

엘렌이 싱긋 웃자 그 모습을 본 로벨이 어리둥절해했다.

반면 오리진은 웃음을 터뜨렸다.

"역시! 역시 로벨의 아이야, 똑같아!"

"어머니, 유감입니다."

"어째서?!"

똑같다는 말을 듣고 기뻤는데······ 하고 로벨이 시무룩해졌다. 그는 「딸이 반항기인지도 몰라······」라며 중얼중얼 투덜댔다.

"어머니, 빈트에게 들었습니다."

"어머, 뭘?"

"왕가의 저주를요."

"……."

엘렌의 말에 이번에도 역시라며 오리진은 쓴웃음을 지었다.

그 옆에서 로벨이 설마 하며 엘렌을 보았다. 그 얼굴은 새파랗게 질려 있었다.

"엘렌은 상냥하니까, 저주를 풀어버리는 게 아닐까 생각했어. 하지만 정령들은 용서하지 않을 거야. 그 참극을, 동포들의 비명과 원망의 목소리를."

"……."

그렇다. 사건의 발단은 2백 년 전쯤.

텐바르 왕국에서 몬스터 템페스트가 일어난 것이 원인이었다.

왕가는 왕가 나름대로 정령왕을 내놓으라고 요구하는 이유가 있었다.

몬스터 템페스트로 나라가 위기에 처했기 때문이었다.

하지만 「알겠습니다」 하고 정령이 자신들의 왕을 내놓을 리 없었다. 그래서 왕가는 금기에 손을 댔다.

텐바르 왕가의 숲에는 정령계와 인간계를 잇는 문이 있었다. 왕가는 그 문을 억지로 통과하려 했다.

다수의 정령을 산 제물로 삼아서…….

왕가의 그 저주는 산 제물이 된 정령들의 원한의 증거였던 것이다.

"아뇨, 저는 상냥하지 않습니다."

엘렌이 싱긋 웃는 얼굴로 반론했다.

"오히려 저주의 이유를 모른 채 태평하게 살아온 왕가가 뻔뻔하다고 생각합니다."

엘렌의 미소에 오리진의 얼굴이 움찔 굳어졌다.

엘렌의 뒤로 보이는 창백해진 빈트의 모습에 오리진은 한숨을 내쉬었다.

"예상하지 못한 방향으로 가버렸네……."

하지만 그 말에 기뻐하는 자가 있었다.

"역시 내 딸!"

로벨의 외침을 들은 엘렌은 얼굴을 찌푸리면서 말했다.

"아버지, 유감입니다."

"어째서?!"

엘렌에게 반항기는 아직 이르다고 외치면서 로벨은 엘렌을 더욱 꼬옥 끌어안았다.

"끄으~."

답답함에 로벨의 머리를 통통 때리던 엘렌은 어째선지 로벨이 의기소침해져 있다는 것을 깨달았다.

"……아버지?"

"엘렌, 미안하구나……."

꼬옥 끌어안는 로벨의 등을 엘렌은 토닥토닥 다정하게 두드렸다.

"아버지, 제게는 분명 인간의 피가 흐르고 있습니다. 할머님도,

할아범도, 사우벨 삼촌도 좋아합니다. 아, 그리고 알베르트 아저씨
도요."

덧붙여진 알베르트의 이름에 로벨은 허를 찔렸는지 키득 하고
웃었다.

정령의 딸로서 왕가의 소행을 용서할 수는 없었다. 하지만 로벨
의 딸로서 반크라이프트가 일족이 왕가에게 제멋대로 이용당하는
것도 용서할 수 없었다.

지금까지 제멋대로 이용했던 주제에 로벨과 엘렌의 존재를 알자
마자 손바닥을 뒤집듯이 나오다니, 뻔뻔한 데도 정도가 있다.

"저는 아버지, 그리고 어머니의 아이입니다. 이것은 저의 자랑이
죠. 아버지가 속을 끓이시다니, 그야말로 유감입니다."

"······응."

"하지만 저는 왕가가 태평하게 정령의 힘을 빌리려 하는 것을 용
서할 수 없습니다."

"어?"

"그 죄의 무게를 알지 못하기에, 그렇게 태평한 말을 하고 있는
것이라고 생각하지 않으시나요?"

"어······?"

"후후훗."

엘렌의 검은 미소를 깨달은 주변의 정령들이 움찔움찔 떨었다.

그 모습을 지켜보고 있던 오리진은 태연하게 「역시 로벨의 아이
야」라고 말했다.

"그나저나 지쳐 보이시는데, 그 후에 무슨 일이 있었나요? 아리아 숙모와 이야기를 하는 부분까지는 보았습니다만……."

"아……."

그러자 다시 생각이 났는지 로벨이 머리를 감싸 쥐었다.

"그 멍청이가 스스로 사우벨에게 죄를 폭로했어."

"네……?"

엘렌은「그런 바보 같은 짓을……」이라고 중얼거리며 눈을 깜빡였다.

*

그 후, 옷을 갈아입으러 간 신부가 돌아오지 않자 하객들이 술렁이기 시작했다. 몸 상태가 안 좋아졌다고 설명하고 그만 마무리하는 것으로 식은 무사히 끝났지만, 아리아는 그녀를 걱정하며 곁에 머물던 사우벨에게 로벨을 사모한 탓에 단죄를 받았다고 고백해 버렸다.

"아니에요! 저는 그렇게 멋진 분이 아주버님이 된다는 걸 믿을 수 없어서, 기뻐서, 그래서……!"

"……."

"그런 일이 될 거라곤 생각하지 못했어요. 사이좋게 지냈으면 좋겠다고, 노력했어요. 하지만, 아주버님은 너무 차가워서…… 미움받는 게 아닌가 생각하니 불안해서, 그래서 그 생각에 몰두해서……."

"그것만으로 여신의 단죄를 받았다고……?"

역시 수상하다고 생각한 것이리라. 사우벨은 그것만이 아니라는 것을 눈치채고 말았다.

"아리아……."

"아니야! 나는 사우벨을 사랑해요!"

필사적으로 매달리는 아리아의 모습에 사우벨은 흔들렸다. 하지만 아리아의 다음 말에 사우벨은 격노했다.

"왕가의 분이 단죄를 눈치챈 탓에, 아주버님의 아이와 왕가의 분이 만나게 되고 말았다며 아주버님이 나를 노려보시는데……. 너무해, 나는 그럴 셈이 아니었는데. 어째서 왕가의 분과 아이가 만나면 안 되는 거죠? 엄청 좋은 일이잖아요? 어째서 제가 아주버님께 그렇게까지 미움받아야 하는 건가요?!"

"아리아, 너…… 무슨 짓을!"

표정이 사라진 사우벨의 모습에 아리아는 울던 것도 잊고 멍해졌다.

"아리아…… 나는 지금까지, 네게 사랑한다고 말하면서도 너를 이 집에 맞아들일 수 없었지. 그 이유는 몇 번이고 설명했을 거다."

"네? 네……."

"우리 반크라이프트가가 얼마나 왕가에게 농락당했는지, 너는 알아주고 있을 거라 생각했건만!"

"아……."

사우벨의 말을 듣고 깨달은 것이리라.

반크라이프트가는 왕가와의 접촉을 바라지 않는다는 사실을…….

엘렌 쪽의 사정을 몰랐다고는 하나, 반크라이프트가가 왕가와의 접촉을 단호하게 거부하고 있다는 것은 자신의 경험을 통해 이해하고 있을 터였다.

"……한동안 네 얼굴은 보고 싶지 않다."

그렇게 내뱉은 사우벨은 자신의 방으로 돌아갔다.

"여, 여보! 여보!"

매달리려 하는 아리아의 눈앞에서 문이 세차게 닫히며 그 길을 가로막았다.

*

"그 뒤, 사우벨이 어머니께 이유를 이야기했고, 온 집안이 대격노해서 폭풍이 몰아쳤어."

"나도 너무 화가 난 나머지, 더는 집에 돌아오지 않겠다고 선언한 게 거기에 한몫했어…… 어머님과 로렌은 엘렌을 만나고 싶어 했는데……"

이야기를 들은 엘렌은 말문이 막혔다.

약점을 잡힌 원인이 남편의 형이라고는 하나 분명 다른 남자를 향한 마음이었다. 게다가 여신의 단죄를 받았다. 그리고 감추겠다고 맹세했던 소중한 형의 딸을 왕가 앞에 내보여야 하는 원인을 만들었음에도 아리아는 여전히 자신은 잘못하지 않았다고 말한 것이다.

로벨을 사모하고 있던 탓에 단죄를 받았다는 사실을 용케도 고백했구나 하는 생각을 하지 않을 수 없었다.

"……설마 용서받을 수 있을 거라고 생각하고 고백한 건가?"

로벨과 오리진에게 그렇게나 경고를 받았으면서, 다른 사람을 마음에 품었다는 죄의식이 전혀 없었다는 것이다.

사우벨을 제일로 생각했다면 왕가와의 불화도 바로 떠올렸을 터였다.

"엄청난 수라장이었어."

웃으며 말하는 오리진의 표정이 무척이나 음험하다고 엘렌은 생각했다.

그러나 주변에 있던 정령들은 이렇게 생각했다.

이 부모와 자식, 전부 음험해……라고.

이야기를 전부 들은 엘렌은 사우벨이 매우 걱정되었다.

"사우벨 삼촌…… 불쌍해."

엘렌이 침울해하자 로벨이 허둥지둥 머리를 쓰다듬어 주었다.

로벨도 괴로워 보였다. 겨우 집으로 돌아갈 수 있었건만, 형제 사이가 틀어져도 이상하지 않을 수라장이 되어 버렸다.

로벨도 그런 상황을 바라지 않는 듯, 어찌하면 좋을까 하며 한숨을 내쉬었다.

"아버지, 아리아 숙모님이 없을 때라면 할머님을 만나러 가도 괜찮나요?"

"아리아가 없을 때?"

"이대로는 사우벨 삼촌과 사이가 틀어진 채로 남게 되잖아요. 일도 있는데, 이대로는 지장이 생길 거예요."

"응……."

"아리아 숙모님에게 들키면 전이해서 도망치면 돼요!"

"……후훗."

마치 술래잡기라도 하겠다는 양 가벼운 말투로 말하자 로벨이 웃었다.

"그렇구나. 우리 사이까지 틀어지면 안 되겠지. 나는 사우벨에게 경고하기도 했으니까."

"……아버지, 눈치채고 계셨던 건가요?"

"옛날부터 이런 일은 끊이질 않았으니까……."

그때는 모두 아기엘이 처리해버렸지만. 아득한 눈빛으로 그리 말하는 것을 듣고 새삼 아기엘의 집념을 실감하고 말았다.

"아, 하지만…… 나도 돌아가지 않겠다고 선언해서, 체면상 돌아가기 좀 그러네……."

"제가 동행할게요!"

저요! 하고 엘렌이 손을 들자 로벨이 눈을 동그랗게 떴다.

"저는 할머님과 할아범과 사우벨 삼촌을 만나고 싶어요! 아, 그리고 알베르트 아저씨도요."

"크크크크……."

알베르트는 역시 덤인 거냐며 웃음을 흘리는 로벨을 다시 한 번 다그쳤다.

"아버지! 할머님을 또 만나고 싶어요!"

로벨의 배를 통통 두드리자, 로벨은 「그래, 알았다, 알았어」라며 받아들여 주었다.

"정말이지…… 얼마나 총명한지."

"후후후, 당신을 닮은 거야."

엘렌이 스스로를 구실로 삼아서 로벨이 본가로 돌아갈 수 있는 계기를 만들어 준 것이라는 사실을 깨닫고 로벨이 희미하게 슬픈 기색으로 말했다. 그에 비해 오리진은 자애로운 눈빛을 보내고 있었다.

"아버지, 내일이라도 당장 가도록 해요. 그렇게 해요."

"응? 너무 빠른데……. 아버지는 가기가 좀 그렇다고 방금 말한 참인데, 딸한테 각오를 시험당하고 있는 건가……?"

쓴웃음을 짓는 로벨에게, 엘렌은 진지한 표정으로 말했다.

"아마, 이대로라면 아리아 숙모는 왕가 사람들에게 제거당할 거예요."

예상치 못했던 엘렌의 말에 모두 눈을 부릅뜨고 숨을 삼켰다.

"이 사실을 교섭 재료로 들고 나왔다고는 해도, 폐하는 그대로 넘기실 분이 아닐 거예요. 교섭에 쓰고 안 쓰고는 별개로 치더라도, 아리아 숙모님이 단죄받았다는 사실을 알면 아버지는 반크라이프트가에 있기 어려워지겠죠. 이대로 아버지가 인간계로 돌아가지 않게 되면, 그 능구렁이 씨는 그 원인이 된 원흉을 절대 용서하지 않을 거예요."

그렇게, 엘렌은 단언했다.

*

로벨에게 안겨 본가의 문 앞에 서자, 그 모습을 발견한 정원사가 허둥지둥 로렌을 부르러 갔다.

그에 전혀 개의치 않고 로벨은 곧장 저택 본관으로 걸음을 옮겼다.

"로벨 님! 우오오! 엘렌 님~!"

"할아범! 할아범~!"

엘렌이 품속에서 버둥대자 로벨은 쓴웃음을 지으며 내려주었다. 바닥에 내려선 것과 동시에 엘렌은 「보고 싶었어요!」라고 외치며 로렌의 품속으로 뛰어들었다.

꼬옥 받아준 로렌에게서는 댄디한, 매우 좋은 냄새가 났다.

"엘렌 님, 오랜만에 뵙습니다."

"할아범, 보고 싶었어요!"

엘렌이 방긋 웃자 로렌의 얼굴이 헤벌쭉 무너졌다.

"아버지가 본가에 다시는 오지 않겠다고 해서 제가 화냈어요!"

뾰로통하게 말하고 있건만, 그 자리에 있던 메이드와 정원사, 심지어 로벨까지도 헤벌쭉한 얼굴을 했다.

그냥 보고 있을 수 없어서 「어이, 이야기 맞추라고」라는 느낌의 뚱한 눈으로 로벨을 보았지만, 내 딸이 너무 귀여워! 하며 딸바보 면모를 발휘하고 있을 뿐이었다.

'이건 글러먹었네.'

"할머님을 만나고 싶어요!"

이야기를 돌리기 위해 만나고 싶다는 말을 반복하자, 그럼 방으로 안내하겠다며 로렌이 대답해 주었다.

"로렌 님, 작은 마님은 어찌할까요?"

"손님이 오셨으니 방에서 나오지 마시라고 전해 두게."

"알겠습니다."

로렌이 메이드에게 그리 명령을 내리려 하자 엘렌이 다급히 말했다.

"할아범, 할아범. 저, 아리아 숙모님을 만나고 싶어요."

엘렌의 말에 숨을 삼키는 메이드들을 보면서 「전할 말이 있어요」라고 말하자 로렌은 알았다며 바로 엘렌의 말을 따라 주었다.

하지만 어찌 된 일이냐며 로벨에게 몰래 따로 묻는 것을 잊지 않았다. 하지만 로벨 역시 엘렌에게 직접 이야기를 나눠 보겠다는 말을 듣지 못했던지라, 딸의 발언에 언짢아하고 있었다.

"사우벨도 불러라. 왕가도 관련된 이야기다."

그러나 이내 엘렌의 의중을 눈치챈 로벨이 심기가 불편한 얼굴로 말하자, 무언가를 짐작한 로렌은 그 이상 질문하지 않고 이자벨라를 부르러 갔다.

응접실이 아니라 담화실로 안내되어 기다리고 있는데 갑자기 문이 벌컥 하고 호쾌한 소리를 내면서 열렸다.

소리에 놀라서 움찔 겁을 먹었는데, 그곳으로 이자벨라가 성큼성큼 걸어 들어왔다.

"엘렌! 보고 싶었단다."

"할머님~!"

와락 끌어안는 두 사람을 보며 로벨이 쓴웃음을 지었다.

"작은 마님은 주인어른께서 부르러 가셨습니다. 곧 이쪽으로 오실 겁니다."

그렇게 말하면서 로렌은 서둘러 차 준비를 시작했다.

엘렌은 이자벨라에게 꼬옥 안긴 채 그 자세 그대로 소파에 앉혀졌다.

"끄으."

"아아아, 엘렌~. 보고 싶었단다."

이자벨라는 엘렌의 머리에 뺨을 대고 부비부비 비볐다. 어쩐지 핏줄이라는 것을 느끼지 않을 수 없었다.

"어머님, 엘렌이 괴로워하고 있습니다."

"어머! 미안하구나, 엘렌. 너무 기쁜 나머지……."

이자벨라의 팔이 풀어졌고, 엘렌은 후아 하고 겨우 숨을 쉬었다.

이 가족은 정말로 닮았다고 생각했다. 언젠가 끌어 안겨 찌부러질 것 같다 싶어 무심코 아련한 눈을 했다.

"저도 할머님이 보고 싶었어요!"

엘렌이 방긋 웃으며 말하자, 이자벨라가 「엘렌……」 하며 눈물을 글썽였다.

"어?! 할머님?!"

혼란스러워하며 놀라서 묻자 손수건을 꺼낸 이자벨라는 눈물을 닦으면서 괴로운 듯이 말했다.

"아아…… 겨우 로벨이 돌아와서 이 집이 밝아졌다고 생각했더니…… 그러던 참에 이런 상황이잖니? 나, 어쩐지 마음이 여려졌나 봐."

엘렌은 쓸쓸한 듯 그렇게 말하는 이자벨라를 저도 모르게 끌어안았다.

오랫동안 돌아오지 않았던 첫째 아들이 겨우 돌아와서 아내와 아이와 행복한 가정을 꾸린 모습을 보여주었다. 거기에 더해 아기엘도 이 집을 떠났고, 둘째 아들도 사랑하는 여성과 재혼했다.

순조롭게 착착 행복이 찾아든다고 생각하고 있었는데, 사우벨의 아내가 단죄를 받았다는 것이 발각되었다.

그에 로벨이 분노하고, 집에 돌아오지 않겠다고 선언하고 말았다.

순식간에 무너져 내린 행복에 이자벨라는 마음이 아팠다.

"할머님, 괜찮아요. 저는 할머님 편이에요! 아버지가 어제 돌아오자마자 본가에는 이제 가지 않겠다고 해서 제가 화냈어요!"

엘렌이 뾰로통하게 말하자 이자벨라는 본격적으로 울기 시작했다.

"할머님, 울지 마세요."

"미안하구나. 그게 아냐. 기뻐서란다. 어째서일까…… 엘렌이 있어 주니 이런 일은 별것 아닌 것처럼 느껴졌어…… 고맙구나."

"할머님……."

이자벨라의 말에 가슴이 저릿했다.

그렇다면 팔을 걷어붙이고 나서볼까 하며 엘렌은 결의를 다졌다.

"어머님, 엘렌이 우쭐해지니 그쯤 하시죠."

"잠깐, 로벨. 나한테서 엘렌을 빼앗으려는 거니? 그렇게 두진 않을 거다!"

또다시 꽈악 끌어안긴 엘렌은 괴로워하며 바동거렸다.

"끄으."

"어머님! 어머님! 엘렌을 조르고 계십니다!"

"꺄아아악! 엘렌!"

로벨에게 구조를 받아 엘렌은 겨우 숨을 쉬었다.

그러던 때에 사우벨이 나타났다.

"사우벨 삼촌!"

수염이 없어! 라고 외치면서 달려가자 사우벨은 기뻐하며 엘렌을 안아 주었다.

"오랜만이구나, 엘렌."

"네. 결혼 축하드려요. 결혼식에 가지 못해서 죄송해요."

"아니다. 고맙구나. 그 마음만으로 충분해. 왕가 사람들도 와 있었으니 말이다."

"네. 그런데, 삼촌, 수염이 없으니까 더 멋져요!"

"아, 그, 그러니……?"

엘렌을 안은 채로 부끄러워하는 사우벨의 모습에 꺅꺅 웃고 있으려니, 그 뒤에서 숨을 삼키는 소리가 들렸다. 그쪽으로 시선을 돌리자 아리아가 있었다.

주변을 힐끗 확인했지만, 딸인 라필리아는 없는 모양이었다.

엘렌이 「내려주셨으면 좋겠어요」라고 부탁하자, 사우벨은 천천히 엘렌을 내려주었다.

엘렌은 아리아 쪽을 향해 서서 숙녀의 예를 갖추고 자기소개를
했다.

"처음 뵙겠습니다. 아리아 숙모님. 저는 로벨의 딸, 엘렌이라고
합니다."

눈을 크게 뜨고 굳어진 아리아에게 사우벨이 인사에 답하라고
차갑게 말했다.

그러자 머뭇머뭇, 어색하게나마 대답을 해주었다. 엘렌의 얼굴을
보고 어머니인 오리진을 떠올린 모양이었다. 조금 창백해진 얼굴을
하고 있었다.

더는 흥미가 없다는 듯이 엘렌은 이자벨라 쪽으로 돌아갔다. 로
벨과 엘렌과 이자벨라 순으로 앉은 소파의 반대편에 사우벨과 아
리아가 자리를 잡고 앉았다.

로벨은 아리아에게 인사조차 하지 않았다. 시선을 맞추는 것조
차 싫어했다. 꽤 불쾌해 보이는 그 모습에 엘렌은 중병이야······라
며 마음속으로 한숨을 내쉬었다.

시선을 돌려 맞은편의 아리아를 보니, 로벨을 힐끔힐끔 보고 있
었다. 그 눈언저리는 홍조를 띠고 있었다. 이런 상황이 되었는데도
죄의식이 없다는 것을 바로 알아차렸다.

아리아의 반응을 눈치챈 이자벨라와 로렌까지도 날카롭게 곤두
선 분위기를 띠기 시작했다.

"형님. 아리아에게 뭔가 하실 말씀이 있으시다고······."

"내가 아니라 엘렌이다."

"네?"

"네. 아리아 숙모님께 드릴 말씀이 있는 건 저입니다."

엘렌이 그렇게 말하며 방긋 웃자 아리아는 당혹스러워하며 「대체 뭘까?」 하고 어린아이에게 보일 법한 웃는 얼굴로 엘렌을 바라보았다.

'아, 얕보이고 있군요!'

지금부터 이 눈앞의 아이가 자신을 공포의 나락으로 밀어 넣으려 하고 있다는 것은 전혀 예상하지 못했으리라.

'하지만 이건 현실이에요.'

엘렌은 빈틈없는 눈초리로 눈앞에 있는 아리아를 마주 바라보았다.

"아리아 숙모님. 저는 당신이 단죄 받은 이유를 알고 있습니다. 그 내용을 포함해서 이렇게 직접 이야기를 드리러 왔습니다. 이야기라기보다, 이건 경고입니다."

"뭐……?"

엘렌의 말에 당황했는지 아리아는 두리번두리번 주변을 둘러보고 사우벨에게 매달리는 듯한 시선을 보냈다.

"엘렌은 겉으로 보이는 대로의 어린아이가 아니야. 라필리아와 동갑이지만 이미 형님과 함께 반크라이프트가의 사업도 돕고 있지. 엘렌의 말은 무겁게 받아들이도록 해."

"무, 무슨 소리예요……?"

"그 단죄의 멍 자국은, 어머니가 사우벨 삼촌을 배려해서 다른 이들의 눈에는 보이지 않도록 마법을 걸었습니다. 하지만 당신은 충고를 무시하고 삼촌에게 이야기했습니다. 원래대로라면 감춰야 할 목적이 사라졌으니 마법을 풀어도 되겠지만, 다른 가문의 사람들에게 보이면 쓸데없이 일이 복잡해질 테니 마법은 그대로 유지될 겁니다. 이건 어머니의 전언입니다."

"그, 그럴 셈이었던 게……"

"사정을 이야기하면 사우벨 삼촌이 용서해 줄 거라고 생각하기라도 한 건가요? 동정해 줄 거라고? 한창 식을 올리는 중에 머릿속이 다른 남자로 가득했다고 고백한다면 누가 용서할까요? 그건 반크라이프트가를 모욕하는 일입니다."

신랄하게 말하자 그 말대로라며 이자벨라가 동의했다.

"당신은 아기엘 씨의 일을 들어 알고 있으면서 아기엘 씨와 같은 일을 벌이는군요."

그 말에 아리아는 새파랗게 질렸다. 아기엘이 어찌 되었는지는 온 나라에 소문이 나 있었다.

"그, 그럴 셈이 아니었어! 새로운 가족이 되는 거잖아?! 아주버님 마음에 들려 하는 건 당연한 거 아니니?!"

"당신은 자신의 불순한 마음을 알고 있습니다. 그래서 바르 언니는 당신을 단죄한 겁니다."

엘렌의 말에 아리아는 헉하고 신음했다.

사우벨은 괴로워하면서도 가만히 견디며 듣고 있었다.

"그, 그럴 리 없어! 어째서 어린아이가 그런 걸 안다는 건데?! 내마음은 나밖에 모르는 거야!"

"알 수 있습니다."

"뭐, 뭐라고……?"

"보르 언니는 모든 것을 내다보는 여신. 바르 언니는 단죄의 여신. 둘이서 하나, 그렇기에 쌍둥이 여신이라 칭송받고 있는 겁니다. 그 마음을 내다보는 것쯤, 대단할 것도 없는 일입니다."

"무, 무슨 말이지……?"

"당신의 손목에 있는 단죄의 증거는 그 누구에게도 보이지 않지만, 단죄를 받았다는 것은 폐하에게 들키고 말았습니다."

"폐하가 접촉할 틈을 주고 말았구나. 미안하다……."

사우벨이 엘렌에게 고개를 숙였다. 공작가의 당주가 어린아이에게 고개를 숙이는 모습에 아리아는 믿을 수 없다며 눈을 크게 떴다.

"사우벨 삼촌이 잘못한 게 아니에요. 이번 일이 아니었다고 해도 왕가의 접촉은 예상할 수 있는 일이었어요. 늦고 빠르고의 차이밖에 없습니다. 그러니 마음 쓰지 말아 주세요."

엘렌이 방긋 웃자 사우벨이 정말로 면목이 없다며 머리를 감싸 쥐었다.

"아리아 숙모님. 이 반크라이프트가는 왕가에 있어 없어서는 안 될 가문입니다. 무슨 짓을 해서라도 접촉을 꾀하려고 틈을 노리고 있죠."

"아, 알고 있어. 당연하잖아. 아주버님은 영웅인걸."

"아니요."

딱 잘라 부정당한 아리아는 움찔하며 입가를 일그러뜨렸다.

"왕가가 이 가문을 집요하게 노리는 이유는, 아버지의 힘 때문입니다."

"……아주버님의 힘?"

"그렇습니다. 아버지의 힘은 인간의 영역을 넘어섰습니다. 이 나라는 그 힘을 원하고 있죠. 당신은 자신의 그 제멋대로인 행동으로, 나라의 전력을 깎아버리는 원인을 만들었습니다. 지금은 그 단계에 있습니다."

"……아!"

엘렌의 말에 모두 그제야 겨우 상황의 중대함을 깨달은 모양이었다.

"당신 때문에 사우벨 삼촌과의 사이가 틀어질 것을 우려한 아버지는, 이제 본가에 오지 않겠다고 선언했습니다."

"그런…… 하, 하지만, 그게 왕가와 무슨 관계가……."

"왕가가 그 사실을 알면 어떻게 나올까요? 이 집안에 있어 줘야 할 전력을 당신 탓에 확보할 수 없게 되었다면? 실제로 현재 주변 나라들에서 피어오르던 전쟁의 불꽃이 아버지의 귀환이 알려진 순간 진화되었습니다. 아버지의 이름만으로도, 그 정도의 힘이 있는 겁니다."

"뭐……? 저, 전쟁……? 전쟁이라고?"

"방해되는 자를 제거해 버리면 영웅이 돌아올지도 모른다. 왕가는 그렇게 생각할 테지요. 단 한 사람의 희생으로 전쟁을 회피할 수 있다, 라고요."

"방해되는…… 자…… 희생……."

"당신입니다. 아리아 숙모님."

당신은 왕가에 목숨을 위협당하는 처지가 될 수도 있는 상황에 놓였습니다. 엘렌은 경고를 날렸다.

엘렌의 말에 놀란 것은 아리아뿐만이 아니었다. 사우벨도 역시 눈을 크게 부릅뜨고 있었다.

"저희 부녀는 폐하에게 부름을 받았습니다. 화제는 분명 당신에 관한 것이 될 테죠. 당신이 아기엘 씨와 같은 입장이 된다면, 폐하는 웃으며 제안할 겁니다. 어떻게 해줄까? 같은 식으로 말이죠."

"어…… 어떻게, 라니……."

"글쎄요? 뭘까요? 일단 제일 간단한 건 우리의 시야에서 당신을 없애주는 것일까요? 사우벨 삼촌이 다시 독신이 되면, 폐하는 자신의 장기말이 되어 움직여 줄 상대를 골라서 맞선 자리를 마련할 수 있으니 말이죠. 아기엘 씨의 일이 있었는데 어째서 삼촌의 결혼식에 왕족이 자리했던 걸까요? 당신은 왕가의 사람들에게 평가를 받았던 겁니다."

"아냐…… 아니야아아아!"

이제야 얼마나 심각한 상황인지를 이해했는지 아리아는 공포에 질린 나머지 덜덜 떨며 눈물을 글썽였다.

"목숨의 위험을 범하면서까지 아버지에게 불순한 마음을 품으시 겠습니까? 아, 그전에 저희 모녀가 제재를 가할 테지만요."

아리아는 이미 울면서 고개를 가로로 획획 내젓고 있었다.

"아리아, 네가 사우벨을 줄곧 지탱해 주었다는 건 알고 있다. 사우벨도 네게 많이 의지했었지. 아기엘이 사라지고 겨우 너와 결혼할 수 있게 됐다며 사우벨이 무척이나 기뻐했었는데……. 로벨을 보고 사랑에 빠지는 여성은 무척이나 많단다. 너도 그중 한 명이 되어 버린 것은 어쩔 수 없는 일일지도 모르지. 하지만, 사우벨을 사랑하는 마음은 이제 사라지고 만 것이니?"

슬퍼하며 눈물을 훔치는 이자벨라의 모습에 아리아는 「아니야!」 하고 소리쳤다.

"아니야! 아니란 말이야! 그럴 마음은 없었어. 그저 멋진 아주버님이 생긴 게 기뻤을 뿐이야……! 나는 사우벨을 사랑하고 있어!"

"당신의 주장과 여신이 내린 단죄의 차이가 너무 큰 것 같습니다만……. 그렇다면 우선 아버지께 보내는 그 기분 나쁜 시선을 거둬 주십시오. 그리고 변명은 그만두고 삼촌께 사과하세요."

"아…… 여보…… 미안해요……."

사우벨은 매우 곤란한 표정을 지으며 한숨을 토해냈다.

"아기엘이 있던 때, 네가 지탱해 주었던 건 사실이야……. 너와 라필리아가 없었다면 나는 버티지 못했을지도 몰라……."

모두가 잠자코 사우벨의 말에 귀를 기울였다.

"나는…… 나는, 아리아를 믿고 싶어."

마치 자신에게 들려주듯 중얼거린 그 말에 아리아의 얼굴이 기쁨으로 물들었다.

"여보……!"

하지만 다른 이들은 입을 다문 채 냉담한 시선으로 아리아를 보고 있었다. 한 번 잃은 신뢰는 그렇게 빨리 돌아오지 않는다.

"뭐, 괜찮겠죠."

담담한 엘렌의 말에 모두가 일제히 그쪽을 보았다.

"제 말도, 여신 바르의 단죄도 어디까지나 경고입니다. 지금부터 잘못을 뉘우치면 됩니다."

엘렌이 싱긋 웃자 아리아는 안심한 표정을 지었다.

"하지만 만약, 앞으로 사우벨 삼촌을 배신하는 일이 생긴다면 그에 상응하는 각오를 해주세요."

"그래, 그렇구나. 그때는 단죄의 증거도 더 선명해질 테니 말이다……. 그리고 그렇게 되면 진실을 공표할 수밖에 없겠지."

이자벨라는 부드럽게 말했지만, 그것은 평민인 아리아에게 있어서는 공작가가 적이 된다고 하는 선언이나 마찬가지였다.

반크라이프트가의 영지에 살고 있는 자가 영주의 분노를 산다면 어찌 될지는 상상하기 어렵지 않았다.

그것은 아리아의 일족 전원이 처형 대상이 된다는 뜻이었다.

"그, 그건……."

"어머나, 네가 벌인 일이다만? 사실 지금도 사우벨이 용서하지 않았다면 이혼해서 위자료가 발생했을 게다. 네 집안이 지불할 수 있는 금액이 아닐 테지만. 아, 라필리아는 후계자가 될 테니 데려갈 수 없다."

이자벨라의 말에 겨우 현실을 자각한 것인지 아리아는 망연자실했다.

"아리아 숙모님."

엘렌이 부르자 아리아는 퍼뜩 놀라며 이쪽을 보았다.

"아버지를 빼앗아가려고 한다면, 저희 모녀는 용서하지 않을 겁니다. 천천히, 그리고 확실하게 뭉개버릴 테니 각오해주세요."

엘렌이 싱긋 웃자, 아리아는 긴장이 한계에 이르렀는지 그대로 기절해버렸다.

*

엘렌은 로벨와 이자벨라에게 꼬옥 끌어안겼다.

아리아를 침실로 옮겨놓은 사우벨이 돌아왔다. 그 얼굴은 어딘가 후련해 보였다.

"사우벨 삼촌."

"그래, 엘렌. 미안했다…… 아직 여덟 살밖에 안 된 어린아이에게 이런 이야기를 하게 하다니……."

"아뇨. 제가 말하지 않고는 견딜 수 없었던 것뿐이에요. ……쓸데 없는 짓을 해서 죄송합니다."

의기소침해하며 양손으로 치맛자락을 꼭 움켜쥐고 있자, 사우벨은 쓴웃음을 지으며 엘렌의 머리를 쓰다듬어 주었다.

"엘렌, 고맙다. 이대로 계속되었다면 가족은 분열되어 버렸을지도 몰라. 나도, 아리아도…… 형님도."

고개를 획 들자 사우벨은 조금 슬픈 듯 보이기는 했지만 미소를 짓고 있었다.

"늦든 빠르든 이렇게 되었을 거야. 빠르면 빠를수록, 그만큼 각오도 할 수 있고 결단도 쉬워질 테지. 이걸로 됐다고 생각하고 있단다. 엘렌, 정말 고맙다."

"사우벨 삼촌……."

코가 찡해져다. 하지만 또 한 가지 사과해야만 하는 일이 있었다.

"죄송해요. 그것뿐만이 아니에요."

"……무슨 말이지?"

"어머니는 여신이에요. 쌍둥이 여신은 어머니의 언니에 해당하는 여신이지요."

엘렌이 얼굴을 잔뜩 찌푸리며 말하자 사우벨은 눈을 크게 떴다.

"어머니의 가족 결혼식이라며 특별히 지켜봐 주셨던 모양이에요. 그래서…… 아리아 숙모가 아버지를 사모하고 있다는 걸 알게 된 거죠. 그래서 여신들은 아리아 숙모님께 격노했던 거예요……."

원래대로라면 남편 이외의 남성에게 마음을 준 정도로 이러한 단죄는 일어나지 않는다.

귀족 사이에서는 정략결혼도 많았다. 아기엘과 사우벨의 관계도 그러했다.

그런 것이 이렇게까지 큰일이 되다니, 보통은 있을 수 없는 일인 것이다.

"……쌍둥이 여신이?"

"아리아 숙모님은 쌍둥이 여신을 화나게 한 거예요."

숨을 삼키는 사우벨의 모습에 가슴이 아팠다.

"제가 있으니 집안은 괜찮을 거라고 봐요. 하지만 아리아 숙모님 주변은 앞으로도 혼란스러울 테죠. 집안의 사업에 아리아 숙모님을 참가시키는 일은 하지 말아 주세요. 집안이 망하게 되는 사태가 벌어질 수도 있습니다."

면목 없어 하며 말하는 엘렌에게, 사우벨은 충고 고맙다고 웃으며 답했다.

'아아, 정말 착한 사람이야……'

이런 사람이 언제나 불합리한 일을 당하다니 불쌍하다. 엘렌은 몰래 여신들에게 기도했다.

'부디, 사우벨 삼촌에게 행복이 찾아오기를……'

그러자 문득 멀리서 「알았어, 엘렌. 맡겨줘!」라는 목소리가 들려온 것만 같았다.

'……어라? 혹시 보르 언니?'

아무래도 전부 내다보고 있었던 모양이다.

"그런데, 엘렌. 왕가와 만나는 건 언제니?"

이자벨라의 갑작스러운 물음에 엘렌은 깜짝 놀란 표정을 지었다.

"그게…… 엿새 후……였던가요? 아버지."

"……응. 아…… 싫어, 싫어, 싫어……"

로벨의 힘 빠진 목소리가 방 안에 울렸다.

그 정도로 가기 싫은 것이냐며 기막혀하는 시선을 보내자, 그 시선을 눈치챈 로벨이 말했다.

"엘렌은 모르니까 태연하게 있을 수 있는 거라고. 그 녀석은 금세 말꼬리를 잡는단 말이야."

"괜찮아요. 아버지."

자신만만하게 말하는 엘렌을 보며 로벨은 쓴웃음을 지었다.

"……엘렌은 역시 나를 닮은 거려나."

"그럴지도 모르죠."

"뭐?! 엘렌, 다시 한 번 말해줘!"

"아버지와 닮았다니 유감입니다."

"어째서─?!"

엘렌은 아버지랑 똑 닮았다고~ 당연하잖아~. 로벨은 엘렌을 끌어안고서 주술처럼 중얼거렸다. 솔직히 짜증난다고 엘렌의 눈이 이야기하고 있었다.

"그래…… 엿새 후란 말이지."

그런 부모자식간의 대화를 무시한 채, 이자벨라는 뭔가를 중얼거렸다.

왜 그러나 싶어 엘렌은 고개를 갸웃했다.

"로벨! 당분간 엘렌은 내가 맡아 보마!"

이자벨라의 발언에 로벨과 엘렌은 「네?」 하고 동시에 목소리를 높였다.

"왕가에서 부른 것이니 복장을 갖춰야 해……! 거기, 거기 누구 없느냐!"

메이드를 부르는 이자벨라의 모습에 엘렌과 로벨은 눈이 동그래졌다.

"자, 재봉사를 불러서 치수를 재자꾸나."

이자벨라는 생긋 웃으며 말했고, 엘렌은 흠칫하고 전율했다.

*

재봉사들에게 둘러싸여 치수를 잰 엘렌이 지쳐 늘어졌을 무렵, 이것도 아니고 저것도 아니라며 색색의 천을 펼쳐가면서 재봉사와 이자벨라가 이야기에 열중하고 있었다.

때는 지금이라며 방에서 몰래 빠져나온 엘렌은 복도에서 사우벨과 딱 마주치고 말았다. 사우벨은 쓴웃음을 지으며 「미안하구나」라고 사과했다.

"어머님은 딸을 갖고 싶어 하셨지. 그래서 저렇게나 힘이 들어가고 마는 거란다."

"할머님이요?"

그런 말을 듣고 나니 더는 싫다고 말할 수 없게 되었다. 하지만 엘렌은 자기 혼자만 당하고 있을 성격이 아니었다.

엘렌은 사우벨을 미소 띤 얼굴로 바라보며 「그럼 다음은 사우벨 삼촌 차례예요」라고 말하더니 갑자기 화제를 바꾸었다.

"뭐……?"

"화장 담당! 나와라ㅡ!"

"네, 네?! 여기 있습니다!"

엘렌의 부름에 다른 방에서 허둥지둥 나온 메이드가 대답했다.

"에, 엘렌……?"

"저만 이런 꼴을 당하다니 불합리하다고 생각하지 않으시나요? 그러니까 사우벨 삼촌도 같은 꼴을 당하는 게 좋다고 봅니다!"

"뭐……?"

사우벨은 무슨 일이 벌어지는 것인지 몰라 당황했다.

"아버지! 몰래 숨어 있는 거 알고 있어요! 2차 피해를 입고 싶지 않다면 사우벨 삼촌을 붙잡으세요!"

"알았다! 엘렌."

로벨은 싱긋 웃으며 사우벨을 꽉 붙잡았다.

"혀, 형님?! 자신이 피해를 보기 싫다고 이러시는 겁니까……?!"

"용서해라, 사우벨. 나는 딸에게 이길 수 없어."

웃는 얼굴로 단언하는 거냐며, 사우벨의 비명이 저택 안에 메아리쳤다.

*

엘렌은 메이드에게 이것저것 지시를 내렸다.

"따뜻한 물에 적셔 꽉 짠 수건을 삼촌 눈가에 대주세요."

"네!"

"어…… 눈가?"

"사우벨 삼촌, 잠을 못 주무시죠? 다크서클이 엄청나요."

"아…… 그래."

아리아와 집안 걱정으로 한숨도 못 잔 것이리라. 그 매서운 눈가에 짙은 다크서클이 생겨 날카로움이 배로 늘었다.

"눈가를 따뜻하게 해주면 다크서클이 옅어져요. 기분이 좋아질 테니 속는 셈 치고 해보세요."

침대에 누운 사우벨은 주저주저하며 눈가에 따뜻한 수건을 올렸다.

잠시 후, 사우벨이 잠든 것을 눈치챈 로벨이 놀란 목소리를 냈다.

"어……? 이렇게 많은 사람들 앞에서 사우벨이 잠들다니……."

기사인 사우벨은 잠이 얕았고, 바로 잠이 깨는 체질인 모양이었다. 물수건을 준비한 메이드가 걱정하며 말했다.

"주인어른은 좀처럼 잠들지 못하셔서, 수면 부족으로 자주 두통이 생기시는 듯했습니다."

"그건 좋지 않아요. 스트레스도 대단할 테죠. 마음이 차분해지는 것을 준비해야겠군요."

엘렌은 사명감을 느꼈다. 긴장 이완에 효과가 있을 법한 것을 고민하던 중에 어떤 것이 눈에 들어왔다.

"엘렌, 또 뭔가를 꾸미고 있는 거니……?"

"아버지, 말이 심하시네요!"

엘렌은 뽀로통하게 화내면서 지금은 사우벨에게 집중하자고 생각했다.

"아버지는 나중에 처리하기로 하죠. 화장 담당, 지금부터 제가 하는 말을 따라 주세요."

"네, 네……."

"……나, 딸한테 처리당하는 거야?"

딸의 말에 망연자실한 로벨을 내버려 둔 채, 사우벨의 이미지 체인지를 개시하겠습니다! 하고 엘렌은 주먹을 움켜쥐었다.

＊

전생의 엘렌은 동안이었다. 그것을 어떻게든 감추려고 열심히 화장을 했었다.

키는 하이힐로 보완했지만, 워낙에 작아서 별 소용이 없었다. 하지만 얼굴은 화장으로 얼마든지 바꿀 수 있다고 생각했다.

"눈썹 정리법은…… 콧방울과 눈꼬리를 직선으로 이었을 때 눈썹과 만나는 부분이 눈썹 끝이 되도록, 여기가 눈썹이 끝나는 부분입니다. 눈썹 앞부분은 눈구석부터 미간 쪽으로 살짝 오도록 해주세요. 여성의 경우에는 눈구석의 거리가 남성에 비해 절반 정도 짧습니다. 아, 눈꼬리 바로 위를 눈썹 산이라고 하는데, 정면에서 봤을 때 약간 곡선으로 만들어 주세요. ……맞아요, 맞아요."

남성은 일직선 느낌으로 다듬으면 강한 인상이 되지만 사우벨의 경우는 코너&아치라는 지적임과 부드러움을 표현하는 눈썹 모양으로 했다. 그렇지 않아도 본래 분위기가 날카롭고 강하다. 그것을 누그러뜨리면서 부드러움을 가미했다.

"화장은 여성 전용이라고 여겨지기 십상이지만, 남성도 다듬으면 빛이 납니다. 눈썹과 머리 모양만으로도 인상이 충분히 바뀔 거예요."

엘렌이 그렇게 설명하자 다른 화장 담당과 로렌이 흐음, 흐음 하고 고개를 끄덕였다.

어째서 로렌이 여기에? 하고 의아하게 여겼지만, 신경 쓰지 않기로 했다. 어쩐지 신경 쓰면 지는 거라는 생각이 들었다. 그 무렵에 되고서야 사우벨이 겨우 눈을 떴다.

"……어라? 나는……."

"피곤하셨는지 잠시 잠들어 계셨습니다."

부드럽게 답하는 로렌의 말에 사우벨은 스스로도 믿을 수 없다는 듯이 눈을 깜빡였다.

"자! 사우벨 삼촌, 잠이 깨셨으면 이쪽으로 오세요!"

사우벨은 급하게 불러온 이발사 앞에 앉혀졌다.

"어? 어?"

영문도 알지 못한 채 사우벨은 엘렌의 재촉을 받아 머리를 정리했다. 그 사이에도 엘렌은 이발사에게 세세하게 주문을 했다.

모든 게 끝나고, 거울 앞에서 자신의 모습을 본 사우벨은 말문이 막히고 말았다.

역시 다듬고 나니 사우벨이 빛을 발했다. 멋지고 댄디한 삼촌이 완성되었다며 엘렌은 크게 기뻐했다.

"사우벨 삼촌, 멋져요~!"

조금 지친 듯한 분위기가 섹시함으로 바뀌었다. 이 비포 애프터

과정을 처음부터 끝까지 지켜보았던 메이드들이 새된 환성을 지르며 박수를 쳤다.

조금 정리한 것만으로도 다른 사람으로 착각할 만큼 변한 사우벨의 모습에 주변 사람들도 깜짝 놀라고 있었다.

"어? 어……?"

사우벨이 열광하는 주변의 분위기에 곤혹스러워하며 안절부절못하자 엘렌이 말했다.

"역시 할머님 핏줄이네요!"

그렇게 다른 사람이 된 사우벨은 로벨과 비슷한 분위기를 조금 자아내고 있었다. 날카로운 인상은 그대로 유지하면서 그저 무서웠던 이미지에서 늠름한 이미지로 변한 것이다.

"사우벨 삼촌. 삼촌에게 수염은 어울리지 않으니 앞으로는 잘 정리해 주셔야 해요? 화장 담당에게도 엄명하겠습니다!"

엘렌은 단호하게 말했고, 사우벨은 「아, 그래……」 하고 곤혹스러워하며 대답했다.

'자, 선보이는 게 기대되네요.'

줄곧 뒤에서 지켜보고 있던 로벨이 자그맣게 「옷 갈아입히기 인형 취급을 당한 것에 대한 화풀이인가?」라고 말했다. 그 말은 듣지 않은 것으로 치고, 엘렌은 사우벨을 이끌고 서둘러 이자벨라를 향해 돌격해 갔다.

"할머님!"

엘렌은 사우벨과 사이좋게 손을 잡고서 이자벨라가 있는 곳으로 돌아갔고, 더욱 늘어난 천 더미 속에 묻혀 있던 이자벨라와 재봉사는 이쪽을 보고 놀란 표정을 지었다.

"어머…… 어머머, 어머머! 너 사우벨이니?!"

"저, 저기…… 어머님……."

"어떻게 된 거니?! 멋있어졌구나. 어머나!"

"그렇죠? 사우벨 삼촌, 못 알아보겠죠?!"

엘렌은 놓치지 않겠다는 듯이 꼬옥 잡은 손을 붕붕 휘둘렀다.

그 모습을 보고 「어머, 어머! 사이가 좋구나」라며 이자벨라가 기쁜 듯이 미소를 지었다.

"나는 인정할 수 없어! 엘렌과 사이좋게 손을 잡다니…… 크윽, 부러워……!"

벽 뒤에 숨어서 아득아득 이를 갈고 있는 로벨의 모습이 슬쩍 보였지만 신경 쓰지 않았다.

사우벨은 엘렌의 대우에 곤란한 듯 쓴웃음을 지으면서도 엘렌에게 맞춰 주고 있었다.

"할머님, 기왕 이렇게 된 김에 사우벨 삼촌의 옷도 맞추면 어떨까요?"

"어머! 좋은 생각이구나!"

엘렌의 제안에 즐거워하며 「사우벨, 이쪽으로 오렴」이라고 말하는 이자벨라의 등 뒤로 검은 오라가 피어오르고 있는 기분이 들었다. 그 사실을 눈치챈 듯 사우벨이 움찔하고 전율했다.

조금 전 엘렌과 마찬가지였다. 그 모습을 보고 계획대로 되었다

며 엘렌은 몰래 득의에 찬 미소를 지었다.

  그 후로 얼마나 시간이 지났을까, 사우벨은 아직까지도 이자벨라
에게서 풀려나지 못하고 있었다.
  로렌이 준비해 준 차를 마시며 엘렌과 로벨은 느긋한 시간을 보
내는 중이었다.
  "엘렌은~ 이 아버지랑 손을 잡아야 한다고 생각해요~!"
  전언 철회. 현재 부루퉁해진 로벨에게 잡혀 있었다. 매우 귀찮다
는 듯한 오라가 엘렌에게서 뿜어져 나오는 중이었다.
  "아버지와는 언제나 손을 잡고 있다고 생각하는데요~."
  "아뇨! 부족합니다!"
  그리 말하며 꽈악, 꽈악 끌어안는 로벨의 모습에 엘렌은 어이가
없었다.
  "사우벨 삼촌을 질투하시는 건가요? 그럼 아버지도 해보실래요?"
  "……아니, 나는 됐어."
  방 한쪽에서 대기하고 있던 화장 담당이 눈을 반짝반짝 빛내며
손에 도구를 들었다. 하지만 곧바로 이자벨라에게 호출을 받아 방
을 나섰다. 이제 방에는 엘렌과 로벨만이 남겨지게 되었다.

  "하지만, 어째서 사우벨에게 그런 일을 한 거니?"
  "멋있어졌으니까, 당황하지 않을까요?"
  "응?"

"아리아 숙모님이요. 그럼 다른 데 한눈을 팔 여유가 없어지지 않을까 싶었어요."

"……설마 거기까지 생각하고 사우벨을?"

"으음, 솔직히 말하자면 삼촌에게 새로운 분이 생겨도 괜찮지 않을까 생각하고 있어요."

"뭐……?"

"아버지께만 하는 얘기지만, 여신의 단죄는 웬만한 일에는 내려지지 않아요. 아마도 아리아 숙모님은, 진심으로 아버지를……."

"누가 뭐라고 하든 나한테는 오리와 엘렌뿐이야. 그건 절대 변하지 않아. 나는 앞으로 아리아와 만나지 않을 거다. 아니, 솔직히 만나고 싶지 않아. 만나고 싶다고 해도 단호하게 거절할 거다. 절대 싫어. 엄청나게 싫어."

"알고 있어요."

엘렌은 쓴웃음을 지으며 말했다.

로벨은 아리아에게 아기엘을 겹쳐 보고 있는 모양이었다. 그 정도인가 싶을 만큼 싫어하는 모습에 키득키득 웃고 말았다. 로벨의 말 속에서 순수한 애정이 느껴져 기뻤다.

꽈악 끌어안아 주는 아버지의 품 안에서 안심했다.

어리광을 부리듯이 그 어깨에 툭 머리를 기대자 로벨은 기뻐하며 엘렌의 머리를 쓰다듬어 주었다.

"그리고…… 아버지, 화내시면 안 돼요?"

"왜? 무슨 일인데?"

"……사우벨 삼촌이 행복하기를, 하고 기도했어요."

"응."

"그랬더니 『맡겨둬!』 하는 목소리가 들렸어요."

"뭐?"

로벨의 빤히 바라보는 시선에 엘렌은 견디지 못하고 휙 고개를 돌려 외면하고 말았다.

"아~, 엘렌 씨. 그건 누구 목소리일까~?"

"…………아마도, 보르 언니."

부녀는 잠시 아무 말도 하지 않았다.

"엘렌, 그 의미는……."

"……사우벨 삼촌은, 여자들에게 인기가 많아질 거예요."

이런~ 하고 로렌은 천장을 올려다보았다.

그 후, 큰 소동이 일어났다.

사우벨이 기사단에 얼굴을 내비치자, 부하 전원이 넋 나간 얼굴을 하고 검을 떨어뜨리는 사태가 발생했다.

기사는 무슨 일이 있어도 검을 놓지 않는다는 훈련을 받았음에도 불구하고, 그만큼 충격적이었던 모양이다.

기사단을 시작으로 영지 전체에 소문이 퍼졌고, 귀족들 사이에서도 소문이 돌기까지 시간은 그리 오래 걸리지 않았다. 그 후로 나날이 늘어나는 파티 초대장에 사우벨은 다른 의미에서 머리를 감싸 쥐게 되었다.

제3장 텐바르 왕가와 정령

드디어 성으로 가는 날이 되었다. 두 사람은 성문 바로 앞까지 전이했다. 로렌이 마차를 준비하겠다고 말했지만, 싫은 일은 얼른 끝내고 싶다며 거절했다.

서둘러 도망치려고 해도 종자가 있으면 이것저것 성가셔진다.

"아…… 싫어, 싫어, 싫어……."

"아버지, 불평을 늘어놔 봐야 소용없어요. 제대로 매듭지으러 가죠!"

"엘렌, 어째서 그렇게 호전적인 거니……?"

"솔직히 말하자면, 능구렁이 씨와는 한번 직접 만나서 이야기를 하고 싶었어요."

"어째서일까. 안 좋은 예감밖에 안 들어……."

로벨은 그렇게 말하면서도 엘렌을 안고서 성으로 들어갔다.

갑자기 나타난 로벨의 모습을 보고 지나가던 자들이 깜짝 놀랐다.

반크라이프트가는 아기엘 탓에 왕가의 접촉을 거부하고 있다고, 알현 때 있었던 일련의 일들이 알려져 있었다. 게다가 로벨이 아이를 안고 있었다. 대체 무슨 일이 있었던 것이냐며 성안에서는 이런저런 소문이 이리저리 날아다녔다.

그런 소동 따위는 개의치 않고 기사에게 안내를 받아 집무실로 들어가자, 그곳에서는 이미 라비스엘이 기다리고 있었다.

"아아, 기다리고 있었네. 로벨, 그리고 작은 공주님."

라비스엘은 싱긋 웃으며 그리 말했다. 로벨의 품에서 내려선 엘렌은 방긋 웃으며 숙녀의 예를 갖췄다.

"처음 뵙겠습니다. 폐하. 로벨의 딸, 엘렌이라고 합니다."

"그래, 알베르트에게 들었단다. 하지만 정말 훌륭하구나!"

엘렌을 처음 보자마자 기쁜 듯이 활짝 웃는 라비스엘의 모습에 엘렌은 절로 짜증이 솟구쳤지만 얼굴에는 드러나지 않도록 주의했다. 얼굴이 로벨과 닮았는가가 중요했던 것일까?

"갑자기 불러서 미안하구나. 엘렌. 나는 너를 꼭 만나고 싶었단다."

"그러신가요?"

엘렌의 얼굴은 미소를 짓고 있었으나, 전혀 기뻐 보이지 않는 모습에 라비스엘은 더더욱 입가가 풀어졌다.

"아아, 정말로 로벨의 딸이군. 이렇게 똑 닮았을 줄이야."

"실례지만, 유감입니다."

"엘렌?!"

너무해! 하고 딸을 꽈악, 꽈악 끌어안는 로벨의 모습을 처음 목격한 라비스엘은 입을 떡 벌렸다.

"끄으~."

"엘렌, 요즘 왜 그러는 거니? 반항기니?!"

"아버지, 본 모습이 나오고 있어요."

"앗?!"

로벨은 저질러 버렸다는 듯이 라비스엘을 노려보았다. 어라? 노려보거나 해도 괜찮은 거야? 엘렌은 그리 생각했지만 로벨은 뭔가를 포기했는지, 소파에 털썩 앉아 엘렌을 무릎 위에 앉혔다.

"그래서, 무슨 용건이십니까? 폐하. 저희는 서둘러 돌아가고 싶습니다만."

"네 본 모습은 그렇게나 밝았던 건가……."

솔직하게 놀라고 있는 라비스엘에게 로벨은 짜증 섞인 대답을 했다.

"어릴 때부터 인내심을 강요받았던지라."

"……아기엘인가."

라비스엘이 쓴웃음을 지었다. 그리고 「그 애는 이제 없어」라며 조용하게 읊조렸다.

"없다고요?"

"아버님과 함께 변경의 저택으로 호송되었다. 주변은 산에 둘러싸여 있지. 이쪽으로 오는 일은 두 번 다시 없을 거다."

큭큭 웃으면서 자신의 가족에 관해 이야기하는 라비스엘을 보며 엘렌은 역시 능구렁이라고 재확인했다.

"그나저나 사우벨도 참 큰일이더군. 재혼 상대가 아기엘과 같은 여자라니."

엘렌과 로벨은 시작인가 하며 가만히 있었다.

"실례지만, 아기엘과 같다니요?"

"눈치채지 못했을 리 없을 텐데? 귀족들 사이에서는 이미 소문의 중심이야. 사우벨의 재혼 상대가 아주버님이 된 영웅에게 푹 **빠졌**다고 말이지."

그 말에 로벨은 혀를 찼다.

'아버지여, 그래서는 긍정한 거나 마찬가지 아니오…….'

"아버지."

엘렌이 나무라는 투로 부르자 퍼뜩 정신을 차렸는지 로벨은 미안하다며 한숨을 내쉬었다.

"어떤 소문인가요?"

"작은 공주님에게 들려줄 만한 이야기가 아니란다."

"그건 거짓말이시군요. 폐하는 제가 이해할 수 있다고 확신하고서 이야기를 꺼내셨잖아요."

"……."

살짝 눈을 크게 뜬 라비스엘은 이내 매우 즐겁다는 듯이 웃었다.

"아아, 알베르트를 설득할 만하군. 정말 훌륭해."

"폐하는 비겁한 분이세요. 알베르트 아저씨는 반크라이프트가의 궁지를 간절하게 호소했는데, 오히려 약점을 파고들어 이용하고, 방해가 되면 바로 관계를 끊으시잖아요."

방긋 웃은 엘렌을 보며 라비스엘은 「그게 뭐 어떻다는 거지?」 하고 별일 아니라는 듯이 되물었다.

"아뇨, 딱히요. 솔직히 말하자면 이중 첩보원이 되어달라고 해도 좋았겠지만, 쓸데없을 것 같아서 그건 그만두었습니다. 가치가 없으니까요."

"호오…… 알베르트에게 그만한 가치가 없다고?"

"폐하와 제 가치에는 차이가 있는 것 같습니다만, 적어도 알베르트 아저씨에게 첩보는 맞지 않습니다. 그뿐인 이야기입니다."

엘렌이 방긋 웃자 라비스엘은 참을 수 없다며 크게 웃기 시작했다.

"예상 이상이야! 로벨, 너는 정말 대단해. 이런 아이를 낳다니!"

한바탕 웃은 라비스엘은 이어서 엘렌에게 물었다.

"그렇다면 알고 있을 테지? 사우벨에 관한 소문의 이유를."

"……정답 맞히기인가요?"

"그렇군. 말해 보거라."

"폐하와 아버지와의 교섭에 그 소문을 이용하고 있는 듯 보이지만, 교섭 전에 소문이 퍼졌다는 건 폐하가 퍼뜨렸다고 생각하는 것이 보통이겠지요. 하지만 그런 짓을 해서 폐하가 얻을 수 있는 것은 없습니다. 그렇다는 건, 소문의 출처는 다른 제삼자가 유력……소거법으로 왕비님이시겠군요."

"훌륭하군."

그렇다. 여자이기에 직감할 수 있는 것이 있었다.

아리아의 시선은 진절머리가 날 만큼 제삼자도 알기 쉬운 것이었다. 그것을 목격한 것이리라.

왕가는 도중에 퇴장했지만, 그 후 신부가 쓰러져 울며 파티에 나오지 않았던 일 같은 것은 바로 귀에 들어왔을 것이다.

공작가의 소문을 간단히 흘리면 나중에 무슨 일이 있을지 알 수 없다. 그렇다는 것은 공작가와 동등하거나, 그 이상의 지위를 가진 귀족…….

거기에서 도출해 낼 수 있는 답은, 의문과 함께 사람들에게 소문을 퍼뜨렸다.

"아, 정말 훌륭해."

"폐하……."

로벨이 라비스엘을 노려보았다.

"무얼 화내는 거지? 나는 단죄 받았다는 말을 한마디도 흘리지 않았는데?"

"단죄? 무슨 말씀이시죠?"

엘렌이 태연하게 되묻자 라비스엘은 자신만만하게 「여신 바르의 단죄다」라고 말했다.

"단죄를 받으면 무슨 일이 생기나요?"

"물론. 가까이에 남자 같은 건 얼씬도 안 할 테지."

"……"

엘렌은 로벨의 얼굴을 보며 그게 무슨 소리냐고 물었다.

"글쎄?"

로벨도 엘렌에게 동조하며 시치미를 뗐다. 그러자 라비스엘은 감추지 않아도 된다며 웃었다.

"손목에 가시나무 모양의 멍 자국이 생겼을 테지? 숨기려 들면 나중에 곤란해질 걸세."

"곤란한 일 같은 건 아무것도 없습니다만. 얼마 전에도 아리아 숙모님은 사용인의 일을 빼앗아 요리를 하고 계셨습니다. 드레스 소매를 걷어붙이고요."

"……뭐라고?"

"가시나무 모양 같은 건 본 적 없습니다. 저희 사용인들에게 물어보셔도 좋습니다. 모두 입을 모아 그런 건 모른다고 말할 테죠."

라비스엘은 겉으로 드러내지는 않았지만, 어떻게 대꾸할지 망설이는 듯 입술을 꾹 다물었다.

생각을 거듭하고 있는 탓에 입을 열 여유가 없는 것이리라.

"아버지, 저희는 왕가 분들에게 미움을 받고 있나 봅니다. 근거도 없는 소문까지 뿌리고 있다니, 상상도 못 했습니다."

"그러게 말이다. 엘렌. 불쾌하니 그만 돌아갈까?"

"네, 아버지."

로벨이 엘렌을 안아 든 채 소파에서 일어나자 라비스엘은 조금 초조해지고 말았다.

"자자, 기다리게. 사실이 아니라면 그 점에 관해서는 사과하지. 아내에게도 잘 타일러 두겠네."

"하지만, 소문은 이미 퍼졌잖아요? 의미가 없을 겁니다."

"그렇지 않을 거다. 사교계를 드나드는 아내라면, 그 소문은 오해였다고 알릴 수 있어."

"그런 일을 해도 괜찮으신 건가요?"

"뭐가 말이지?"

라비스엘의 얼굴에는 놀람과 기쁨의 표정이 떠올라 있었다.

"조금 전에 제게 정답 맞히기를 시키셨잖아요? 소문의 출처는 왕비님인데, 전언 철회를 했다간 어찌 될지……."

엘렌이 웃으며 말하자 라비스엘은 이번에야말로 꾸며낸 미소를 지웠다.

곧이어 떠오른 라비스엘의 미소는 추악함을 자아내고 있었다. 하지만 본래의 용모가 뛰어난 탓에 그것조차도 그림이 되니, 신기한 일이었다. 꽃미남이라면 용서받는다는 것은 이런 것일까?

라비스엘은 금발에 푸른 눈을 가진 미청년이었다. 아기엘과는 전혀 닮지 않았다.

약간 긴 생머리는 느슨하게 옆으로 묶어 늘어뜨렸다. 체격은 가느다란 편이었지만 골격이 탄탄하다는 것이 느껴져서 연약한 이미지는 전혀 없었다.

그것들이 웃는 방식 하나로 이렇게까지 무너지다니, 이 사람의 시커먼 속은 가늠할 수 없다고 엘렌은 생각했다.

"후훗…… 이 정도일 거라고는 생각하지 못했는데 말이지."

소파에 앉은 라비스엘은 자세를 무너뜨리고, 다리를 꼬았다. 그리고 참으로 즐겁다는 듯이 웃었다.

"소문은 그대로 두어도 괜찮은 건가?"

"애초에 폐하는 그럴 셈이지 않으셨나요? 왕비님은 다른 가문의 소문을 뿌리기 전에 미리 폐하께 상담하셨을 겁니다. 그것을 말리지 않으셨으니, 고의로 소문을 뿌린 것이나 다름없죠."

엘렌은 태연하게 답했고, 라비스엘은 싱글벙글 정말로 기쁘다는 듯이 웃었다.

"저기, 엘렌. 내 딸이 되지 않을래?"

라비스엘의 갑작스러운 폭탄 발언에 부녀는 모두 말문이 막혔다.

"폐하! 제 가족과는 접촉을 제한한다고 말씀드렸을 텐데요!"

"흐음? 그렇지만 이렇게 총명한 아이는 달리 없잖아? 갖고 싶은데."

"거절합니다. 제 아버지는 아버지 한 분뿐입니다!"

엘렌이 안겨 있던 자세에서 로벨의 목을 꼭 끌어안으며 그렇게 말하자 로벨이 감격한 목소리를 냈다.

"엘렌!"

응석을 부리는 엘렌이 귀엽다며 어쩔 줄을 몰라 하는 로벨의 모습에 라비스엘은 한숨을 내쉬었다.

"영웅의 본모습이 이렇다니, 내 아들들이 불쌍해지는군······."

"저에게는 어찌 되든 상관없는 일입니다."

타인에게 환멸 받든 말든 상관없다고 무표정하게 답하는 로벨의 모습에 엘렌은 무심코 웃고 말았다.

"뭐, 좋네. 소개라도 해두도록 하지."

"아뇨, 사양하겠습니다."

"거기 누구 있느냐! 왕자들을 여기로 불러오너라."

라비스엘의 명령에 옆방에서 대기하고 있던 기사가 「분부 받들겠습니다」라고 대답했다.

"엘렌, 너도 분명 마음에 들 거다. 첫째가 열둘, 둘째가 아홉 살이란다. 내 아들이지만 머리도 외모도 아주 뛰어나니 말이다. 여러 가문의 아가씨들에게 아주 인기 있지."

"집안과 외모와 돈과 권력을 목적으로, 말인가요?"

엘렌이 고개를 홱 기울이며 말하자 라비스엘은 견딜 수 없다는 듯이 소리 내어 웃었다.

"그렇지. 그녀들의 부모는 그것들이 목적일 테지. 하지만 그녀들 자신은 아닐걸? 순수하게 아들들을 사모하고 있지."

"인기라면 저는 필요 없습니다! 아버지, 돌아가죠."

"그러자꾸나."

"……로벨, 네 딸은 대체 뭐지?"

던진 말 전부를 반박당한 라비스엘은 한숨을 내쉬지 않을 수 없었다.

"폐하가 제 딸에게 이길 수 있을 리 없습니다. 부모인 저조차도 못 이기니까요."

라비스엘은 농담이냐며 웃음을 날려 줄까 했지만, 묘하게 납득이 되었다.

조금 전까지의 대화를 통해 로벨의 딸은 어른 못지않은 두뇌의 편린을 보여 주었다.

정령의 피를 이어받았고, 거기에 더해 이렇게까지 머리가 좋다면 나라에 반드시 필요한 존재였다.

타국에 로벨의 딸이 정령의 피를 이어받았다는 사실이 알려진다면, 여러 나라들이 나선 쟁탈전이 벌어지리라.

그렇게 되기 전에 어떻게 해서든 로벨의 딸을 손에 넣고 싶었다.

그렇기에 억지로 아들들과 만날 수 있는 자리를 만들려 획책했건만, 잇따라 상상 이상의 일이 벌어졌다.

"엘렌, 내 아들들이 네 눈에 들면 좋겠다만."

"아버지와 어머니의 미모에 익숙한지라, 외모로 제 눈에 들기는 어려울 것 같습니다……라고 할까요? 저희는 왕가에는……."

엘렌은 중요한 사실을 전하려 했지만, 마침 그 순간에 왕자들이 도착했다는 근위병의 연락이 들어왔다.

말이 끊긴 엘렌은 입을 다물 수밖에 없었다. 왕자들을 부르기 전에 먼저 말했어야 했다고 후회했다.

"그래, 들어오거라."

"아버님, 실례하겠습니다."

"실례하겠습니다."

빈틈없이 예의를 갖추고 들어온 두 왕자는 이쪽을 보고는 눈을 크게 뜨며 놀랐다.

"형이 가디엘, 동생이 라스엘이라고 한다. 이쪽은 영웅 로벨과 그 딸인 엘렌이다."

라비스엘이 그렇게 소개하자 두 왕자는 호흡을 맞춘 듯이 인사를 해 보였다.

전에 사우벨의 결혼식에 참석했던 것을 보았던지라 두 사람의 모습은 이미 알고 있었다.

사실 가디엘에게는 몰래 식장에 있던 것도 들켰었다. 엘렌은 이야기를 어찌 얼버무려야 할지 머리를 이리저리 굴렸다. 왕자들은 영웅을 가까이에서 보고 묘하게 흥분했는지 뺨을 붉히고 있었다.

로벨은 묵직한 한숨을 내쉬면서 엘렌을 내려놓고, 일단 신하로서의 예를 갖추며 「로벨 반크라이프트입니다」라고 자기소개를 했다.

엘렌도 로벨을 따라 숙녀의 예를 갖추고 「딸인 엘렌입니다」 하고 인사했다.

"저는 가디엘 랄 텐바르라고 합니다. 만나 뵙게 되어 영광입니다."

"저는 라스엘 랄 텐바르라고 합니다. 저, 정말로 그 영웅이신가요?!"

특히 동생 쪽은 영웅을 눈앞에 두고 몸을 앞으로 쑥 내밀 기세였다. 이야기 속 영웅의 모습을 동경하고 있는 것이리라.

"라스엘, 실례잖아."

"아, 죄송합니다……."

형에게 타이름을 받는 모습에서 두 사람의 사이가 좋다는 것을 알 수 있었다.

하지만 엘렌은 두 사람의 흐뭇한 모습에도 불구하고 표정이 점점 굳어져가고 있었다.

두 사람은 라비스엘의 피를 짙게 이어받았다.

식장에서는 거리가 멀었고, 들키지 않을까 싶어 조심하느라 신경 쓰지 못했었는데, 정령의 저주가 뿜어져 나와 주변에서 소용돌이치고 있었던 것이다.

"……엘렌?"

로벨은 딸의 예사롭지 않은 모습을 재빠르게 눈치채고, 무릎을 굽혀 엘렌의 얼굴을 살폈다.

그러자 라비스엘은 무슨 착각을 했는지 기쁜 듯 눈가를 누그러뜨렸다.

"엘렌, 부끄러워하는 것이냐?"

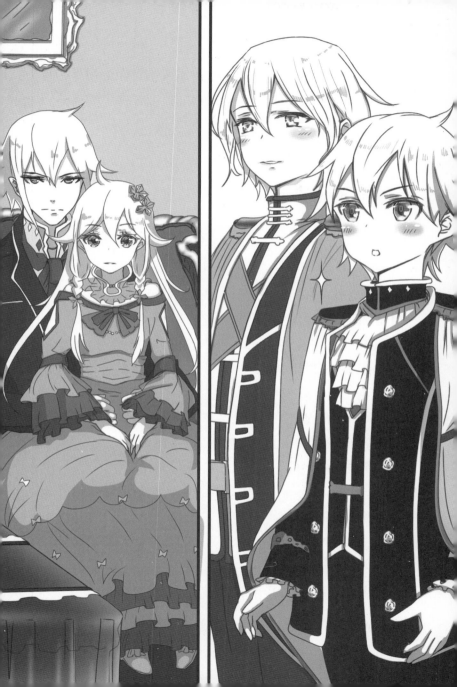

그 말을 맞받아칠 여유가 없었다. 점점 새파래져가는 엘렌의 얼굴에 주변 사람들도 무언가가 이상하다며 고개를 갸웃거렸다.

"기분이 안 좋니?"

가디엘이 다가오며 엘렌을 걱정했다.

"가까이 오지 마!"

엘렌이 겁먹은 듯 가디엘을 보며 뒷걸음질 쳤다. 하지만 그 눈은 가디엘을 향하고 있지 않았다.

급작스러운 엘렌의 거절에 왕가의 사람들은 놀라며 눈을 동그랗게 떴다.

그때, 엘렌이 저주와 마주하고 있다는 것을 곧바로 깨달은 로벨이 엘렌을 안아 들고 왕자들에게서 거리를 두려 했을 때였다.

엘렌의 반응에 울컥하면서도 가디엘이 안색이 나쁘니 소파에라도 앉는 것이 어떻겠냐며 염려하면서 손을 내밀었다.

그러자 엘렌의 목이 힉 하고 울렸다.

가디엘을 둘러싼 저주가 여신의 아이의 존재를 알아챈 것이다. 그 저주는 도움을 바라며 단숨에 엘렌을 덮쳐들었다.

"싫어어어어어어어!"

엘렌의 외침과 동시에 라비스엘과 왕자들에게서 검은 안개가 일제히 뿜어져 나왔다.

그것은 다른 모두에게도 보였는지, 대기하고 있던 근위병들 사이로 긴장감이 내달렸다.

"폐하! 왕자님?! 괜찮으십니까?!"

"크윽……?! 이, 이건 대체……?!"

제대로 서 있을 수 없었던 왕자들은 이미 바닥에 쓰러져 있었다. 전혀 움직이지 않는 것을 보면 기절했는지도 모른다.

라비스엘은 겨우 눈을 뜨고는 있었지만, 안개에 휩싸여 점점 몸이 무거워지는지, 소파에 앉아 있음에도 쓰러질 듯해 보였다.

안개는 비명을 지르는 엘렌을 향해 점점 넓게 퍼지며 접근해 왔다.

그 안개에서는 「살려줘! 아파! 살려줘!」라는 여러 사람의 소리 없는 목소리가 들려왔다.

"하지 마, 안 돼! 어째서 이렇게 가혹한 짓을 하는 거야?!"

비통한 목소리를 들으며 울부짖는 엘렌의 모습에 로벨은 혀를 찼다.

"이래서 만나게 하고 싶지 않았는데!"

엘렌을 서둘러 안아 들고 오리진이 있는 곳으로 한순간에 전이했다.

수경으로 상황을 지켜보고 있던 정령성의 사람들은 엘렌의 모습에 크게 당황하고 있었다.

반쯤 착란 상태에 빠진 딸을 로벨에게서 받아 든 오리진은 그녀를 다정하게 끌어안았다.

"괜찮아. 이제 괜찮단다. 엘렌. 잠시 잠을 자자꾸나."

오리진이 엘렌의 머리를 쓰다듬자 스륵 의식이 멀어졌다. 그리고 거듭되던 절망이 딱 멈췄다.

오리진은 축 늘어진 딸의 뺨에 손을 대더니 「열이 나고 있어~」라며 가볍게 말하고, 딸을 눕히기 위해 침실로 걸음을 옮겼다.

그러면서 로벨에게 「저쪽도 혼란스러워하고 있을 테니 다녀와 줘」라고 말했다.

"오리, 엘렌은 괜찮은 거야?!"

"괜찮아. 역시 아직 일렀나 봐."

"그래, 역시 만나게 하는 게 아니었어……."

후회하는 로벨에게 오리진은 미소 띤 얼굴로 말했다.

"여보. 저쪽에게 저주에 관해 이야기해줘도 괜찮아. 그 능구렁이들은 지금쯤 산 제물이 되었던 정령들의 목소리를 견딜 수 없을 만큼 보고 듣고 있을 테니까, 어차피 알아챌 거야."

"……그 녀석들에게도 보이는 건가? 그 저주가?"

"엘렌이 원인이야. 여신의 핏줄이라는 걸 눈치챈 타락한 정령의 영혼들이, 엘렌에게 도와달라며 손을 뻗어버린 거지……."

품 안에서 잠든 엘렌의 이마를 쓰다듬으며 오리진은 여신의 키스를 내려주었다.

"자, 다녀와. 능구렁이들을 절망 속에 떨어뜨리고 오라고!"

멋진 미소를 지어 보이는 아내의 모습에 로벨은 한숨을 내쉬었다.

*

집무실은 혼란에 빠져 있었다. 서둘러 의사를 부르고, 사용인들과 근위병이 라비스엘을 보살피고 기절한 두 왕자의 안부를 확인하느라 분주했다.

"뭐야…… 방금 그건……."

붙잡을 수 없는 짙은 안개와 격투를 벌이면서 어떻게든 현 상황을 확인하려 하는 라비스엘의 눈앞에 로벨이 나타났다.

그 모습을 본 순간 근위병들에게서 살기가 솟아 나왔다.

"폐하, 어떠십니까? 오랜 시간 찾길 원하셨던 답을 안 감상이."

차갑게 쏘아붙이는 로벨의 태도에 주변에 있던 자들 사이로 긴장감이 내달렸다.

"그건…… 그 비명은……."

"그래서 제가 그때, 저희 가족에게 접촉하지 마시라 부탁드렸던 겁니다. 이렇게 되리라는 걸 알았으니까요."

"……무슨 뜻이지? 그 비명은 무엇이냐? 어째서 우리에게서 검은 안개가……."

"이런, 눈치채지 못하시다니. 아직 혼란스러우신가요? 언제나 총명하신 분이 별일이군요."

"로벨 님!"

근위병의 분노에 찬 목소리가 말을 가로막았다. 라비스엘로서도 충격이었던 것이리라. 머리로는 알고 있을지도 모르지만, 인정하고 싶지 않은 것일지도 모른다.

"우리가 왕가의 사람들에게 접근하지 못하는 이유가 그겁니다. 그 목소리에 끌려가, 정신을 잃을지도 모르기 때문입니다."

애처롭게 얼굴을 일그러뜨리는 로벨의 모습에 근위병들은 어찌하면 좋을지 모르겠다는 듯이 라비스엘 쪽을 바라보며 지시를 기다렸다.

"이건…… 이런 게 어째서 우리에게……?"

"눈치채셨을 텐데요? 선조님들께 여쭤 보시죠."

내뱉듯이 말하는 로벨의 모습에 근위병들 사이에서 살기가 뿜어
져 나왔지만, 라비스엘이 그것을 제지했다.

"……아들들은 무사한가?"

"그것에 닿았을 뿐입니다. 열이 나고, 일어났을 때 혼란스러워하
는 정도일 테죠. 그럼 몸조심하십시오."

로벨은 그 말을 남기고 사라졌다.

그러자 근위병들이 소란을 피웠지만, 라비스엘은 신경 쓰지 말라
며 제지했다.

"아아…… 무르게 여긴 대가인가……."

엘렌이 해주었던 조언을 통해, 그저 정령들에게 미움받는 것이라
고만 생각했다.

하지만 자신들의 몸에서 솟구쳐 나온 검은 안개의 정체는 그런
어설픈 것이 아니었다.

"원한을 사고 있는 것인가……."

엘렌의 울부짖는 소리가 귀에서 사라지지 않았다.

선조가 정령에게 벌인 짓의 대가가 얼마나 큰지 이제서야 깨닫게
될 줄이야.

라비스엘은 왕가의 서고에서 기록을 확인하기 위해 몸을 일으키
려 했지만, 몸이 휘청거리며 기울어졌다.

"폐하, 안 됩니다. 지금은 쉬셔야 합니다."

근위병의 외침이 멀리서 들려오는 듯했다. 마음대로 되지 않는 몸에 혀를 찼다.

빙글빙글 어지러웠다. 무슨 꼴이냐며 조소하고, 라비스엘은 의식을 잃었다.

*

그 일이 일어나고 수개월이 흘렀다.

가디엘과 라스엘은 함께 반크라이프트가로 향했다. 그 손에는 꽃다발이 들려 있었다.

문 앞에서 집사인 로렌이 둘을 맞았다. 평소와 같았다.

"전하…… 몇 번을 오셔도 엘렌 님과는 만나실 수 없습니다."

로렌은 표정 변화 없이 담담하게 그렇게 말할 뿐이었다.

"……잠깐이어도 좋다."

"안 되나요?"

폐하에게 부름을 받아 처음 만났던 그날.

영웅의 품 안에서 이쪽을 보고 있던 예쁜 눈동자를 가진 아름다운 소녀의 모습이, 두 사람의 머릿속에서 줄곧 사라지지 않고 있었다.

가디엘은 사우벨의 결혼식장에서 엘렌을 보았었다. 그때의 소녀라는 것을 깨달은 가디엘은 어떻게 해서든 엘렌과 이야기를 하고 싶어서 손을 뻗고 말았다.

결혼식 중에 발견했던 소녀는 분명 정령일 거라고 생각했었다. 그렇게 예쁜 아이가 정령인 것인가 생각하며 납득도 했다. 정령이라면 왕가의 인간인 자신은 가까이 다가갈 수 없으리라. 그래서 그때, 눈이 마주치자 도망친 것이라 여겼다.

그랬건만, 영웅의 딸이라며 소개받았을 때, 가디엘은 자신의 눈을 믿을 수 없었다. 자기소개를 하던 목소리는 기쁨에 떨리고 있었을지도 모른다.

하지만 자신을 보며 파랗게 질려가는 소녀를 보고 불안을 느끼고 초조해졌다.

정령이 겁을 먹고 도망친다— 바로 그 모습을 목격하고 있는 듯한 기분이 들었기 때문이다.

그것을 부정하고 싶어서 손을 뻗었다. 하지만 그 앞에 있었던 것은 절망이었다.

그 후, 정신이 든 형제는 혼란에 빠졌다. 검은 안개에서 들려왔던 그 원망 가득한 목소리. 아프다며 울부짖고, 멈추라며 애원하던 자들의 목소리는 그 후 왕가를 저주하는 저주의 목소리로 바뀌었다.

꿈속에서 본 광경이 뇌리에 새겨져 지워지지 않았다.

인간들이 정령들을 유린하고, 무언가를 하고 있었다. 그 후, 강한 정령들이 나타나 분노하며 그 인간들을 학살하는 생생한 광경이 펼쳐졌다.

소녀는 울고 있었다. 어째서 그렇게 가혹한 짓을 하느냐며…….
그랬다. 그들 역시 소녀와 함께 소리치고 싶었다.

하지만 그 후, 정신이 들고 왕에게 부름을 받아 간 곳에서 고해
진 말을 듣고 새파랗게 질리고 말았다.

그 꿈속의 일들은 사실이었다. 그런 짓을 벌인 인간이 왕가의 선
조들이었다고 한다.

왕은 성의 서고를 모조리 뒤졌다. 그중에서도 정령 마법사가 감
춰 두었던 서적에서 그 일부를 겨우 발견했던 것이다.

2백 년 전의 몬스터 템페스트.

그때의 왕이 백성들을 지키기 위해 취한 행동. 왕가는 2백 년 가
까이 정령들에게 버림받았다. 겹쳐지는 세월…… 그 이유를 안 지
금, 남겨진 왕가는 창백해질 수밖에 없었다.

백성들을 지키기 위한 힘을 원하며 선조는 금기에 손을 대고 말
았다.

인간들은 우선 여러 명의 정령 마법사들을 인질로 삼았다. 계약
을 맺은 인간을 살리기 위해 그 정령들이 산 제물이 되었다. 그 죄
의 연쇄를 반복하며, 정령들은 산 채로 마법에 의한 책형을 당했
다. 죽지 않을 만큼의 고통을 가하고, 정령들의 고통스러운 목소리
가 주변에 메아리치는 와중에 그 목소리를 들은 다른 정령들이 동
포를 살리기 위해 잇따라 모습을 드러냈다.

인간들은 그 장소를 특정하고, 억지로 정령을 사로잡아 또다시

같은 일을 반복했다.

도중에 숨이 끊어진 정령들로 주변이 가득해졌지만, 문을 고정하기 위해 많은 정령들을 도구로 취급했다.

그리고 겨우 문이 열렸다고 생각한 순간 나타난 것은 격노한 대정령들이었다.

『비열한 인간 놈들! 어찌 이리 크나큰 죄를!』

정령 마법사들을 차례차례 베어 나가는 대정령들의 모습에 인간들은 당황했다.

어떤 자는 불태워져 순식간에 재가 되고, 어떤 자는 물로 만들어진 구체 속에 갇혀서 숨을 쉴 수 없어 괴로워했다. 거대한 돌에 맞아서 간단히 뭉개지는 인간들은 조금 전과 입장이 완전히 역전되었다.

주변이 피바다로 변했을 무렵, 찾아든 정적과 함께 한마디, 더한 분노가 떨어져 내렸다.

『너희의 왕은 어디 있는가.』

분노한 정령들의 모습에 인간들은 화나게 해서는 안 될 존재를 화나게 해버렸다는 사실을 겨우 깨달았던 것이다.

*

반크라이프트가를 방문하여 문전박대당하는 일은 최근 들어 없어졌다.

반크라이프트가에 갈 때는 언제나 선물을 가져갔다. 선물은 여자아이용 액세서리나 과자, 꽃 등으로 다양했다. 로렌은 언제나 문 앞에서 그들을 맞이했고, 엘렌 님은 이 저택에 없다고 주장했다. 그것을 납득시키기 위해 증거를 보여주겠다는 듯이 집에 들여보내 주기도 했다. 그랬는데도 단 한 번도 엘렌을 만나지 못했다.

엘렌은 정령의 피를 이었다고 폐하에게 들었을 때, 형제는 어떻게 해서든 엘렌에게 사과하고 싶다고 생각했다. 정령이라면, 왕가의 핏줄인 자신들이 사과하는 것은 당연한 일이라고 생각했다.

엘렌은 자신들과 마찬가지로 몸 상태가 나빠져 정령계로 돌아갔다고 들었다. 하지만 어떻게 해서든 직접 사과하고 싶어서 포기할 수 없었다. 한 번이라도 만나고 싶었다.

엘렌의 아버지인 로벨은 반크라이프트가에 출입하고 있다고 들은지라 직접 만나서 이야기를 하고 싶다는 교섭을 하기 위해 몇 번이고 이곳을 찾아오고 있는 것이다.

해마다 열리는 정령제. 축제의 마지막에, 숲에 있는 비석에 기도를 올리는 왕가. 이 비석에 기도하는 이유를 제대로 들은 적은 없었다.

왕가가 2백 년 가까이 정령에게 버림받고 있으니, 정령계와 이어져 있다고 하는 이 숲에서 정령에게 답해달라며 기도하는 것이라고만 배웠다.

하지만 지금은 그것은 틀렸다고 말할 수 있었다. 그 원망스러운 목소리, 꿈에서 본 참극의 장소가, 그 비석이 있는 곳이었던 것이다.

*

그날, 평소처럼 반크라이프트가로 향한 두 사람은, 평소와 다른 일이 일어나 당황하고 있었다.

평소대로 차를 마시고 오늘도 만나지 못했다며 낙담하고 돌아가려 했다. 그런데 도중에 낯선 소녀와 마주쳤다.

"너희는 누구야?"

소녀는 밤색 머리카락을 가진 소박하고 귀여운 소녀였다. 갸우뚱 고개를 기울이는 모습에 형제는 서로를 바라보았다.

"너는 이 집 사람인가?"

"여기는 내 집이야."

"뭐? 네 아버님의 이름은 로벨인가……?"

"그건 큰아빠 이름이야. 우리 아빠는 사우벨이라고 해."

사우벨의 딸이냐며 놀라움에 중얼거리는 라스엘에게 여자아이가 부루퉁하게 말했다.

"너희는 누구야? 어째서 우리 집에 있는 거야?"

"……로렌에게 듣지 못한 건가?"

"로렌? 그 사람은 아무것도 가르쳐 주지 않아!"

갑자기 화를 내는 소녀의 모습에 두 사람은 깜짝 놀랐다.

"언제나 그래. 어머니랑 나는 상관없는 일이라며 아무것도 가르쳐주지 않아. 사촌인 엘렌은 같은 나이인데도 아빠랑 어른들이랑

이야기하고 있다고 메이드들이 말했어. 우리만 따돌리는 거야. 너무하지?"

"엘렌?! 엘렌이라고 했나?!"

"엘렌이 있는 거야?!"

형제들의 심각한 모습에 처음에는 깜짝 놀랐던 소녀는 점점 화를 내기 시작했다.

"다들 엘렌, 엘렌! 어째서야?! 나는 만난 적 없어!"

"사촌이랑 만난 적이 없다고?"

"그래! 만나게 해주지 않아. 아빠도 큰아빠도, 메이드도 로렌도 만나게 해주지 않아. 나는 불만을 한마디 해주고 싶은데!"

"불만이라고?"

가디엘이 의아한 표정을 짓고 있다는 것을 눈치채지 못했는지, 소녀는 말했다.

"그래! 내가 이 집의 후계자인데, 모두 『엘렌, 엘렌』하잖아! 나도 열심히 공부하고 있는데, 너무하지 않아?"

소녀가 투덜투덜 화를 내자 형제들은 서로의 얼굴을 바라보았다. 자신들도 만나지 못하고 있지만, 사촌도 만나지 못했을 줄은 몰랐다.

엘렌의 존재는 매우 중요하다고 들은지라, 그것이 원인일지도 모른다고 가디엘은 생각했다.

"너도 만나지 못한 건가…… 우리도 만나지 못하고 있다."

"……그래? 그런데 어째서 엘렌을 만나려고 하는 거야?"

"직접 사죄하고 싶어서, 몇 번이나 이 집을 찾아오고 있는 거야."

"몇 번이나…… 아! 너희들이지? 언제나 선물을 갖고 오는 거!"

"응? 아아……. 그게 어쨌……."

"나한테는 언제나 선물이 없는데 어째서 항상 엘렌한테만 주는 거야? 이 집에 오는 거면 나한테도 줘!"

당연한 권리라고 주장하는 소녀의 모습에 형제는 어안이 벙벙할 뿐이었다.

마침 그때, 형제를 데리러 온 로렌에게 그 모습을 들키고 말았다.

"라필리아 님, 무얼 하고 계신 겁니까?"

"……사람이 있어서 이야기를 하고 있었을 뿐이야."

소녀의 이름은 라필리아라고 하는 모양이었다. 처음 만난 고압적인 소녀에게 당황하고 있던 형제들은 로렌이 와주어 다행이라고 생각했다.

"전하, 죄송합니다. 무슨 일이 있으셨습니까?"

"아니, 됐다. 오늘은 돌아가겠다."

"알겠습니다."

"전하……? 어? 왕자님이었어?!"

갑자기 새된 비명을 지르는 소녀에게 로렌의 질책이 날아들었다.

"라필리아 님!"

"정말~."

획획 표정이 바뀌는 소녀의 모습에 가디엘이 큭큭 하고 웃었다.

그러자 라필리아의 얼굴이 붉어졌다.

"우, 웃지 마!"

"아아, 미안하다."

"라필리아 님, 전하께 무슨 말씀이십니까! 제발 주의해 주십시오! ……전하, 큰 실례를 범했습니다. 밖에 마차를 대기시켜 두었습니다."

"그래, 알았다. ……라필리아."

"……왜?"

"다음에 올 때는 네게도 뭔가 선물을 가져다줄게. 그럼 이만."

그렇게 말하며 돌아선 가디엘의 뒤에서 기뻐하는 소리가 들려왔고, 또다시 그것을 덧씌우는 듯한 로렌의 질책도 들려왔다.

큭큭 웃으면서 대기하고 있던 마차에 오르자 맞은편에 앉은 동생이 별일이라고 말했다.

"형님, 즐거워 보이네요."

"그래, 저런 태도로 이야기를 해 오는 사람은 처음이었으니까."

"무례한 여자가 아니었습니까?"

이해할 수 없다는 듯이 미간을 좁히는 동생을 보며 형은 확실히 그렇다며 웃었다.

그 후로 세 사람은 자주 이야기를 하게 되었다.

어린 그들이 사이가 좋아지기까지, 시간은 그리 오래 걸리지 않았던 것이다.

매년, 정해진 날에 정령제가 열린다.

엘렌과 만나지 못한 채로 벌써 몇 년이 지났다. 형제가 가졌던 마음은 어느샌가 비석에 기도를 바치는 형태가 되었다. 과거의 정령들에게, 그리고 엘렌에게…….

반크라이프트가에는 여전히 찾아가고 있지만, 지금은 그저 라필리아와 함께 노는 것만으로 끝나고 있었다.

하지만 이 비석을 볼 때마다 뇌리에 새겨진 아름다운 소녀를 떠올렸다.

딱 한 번이라도 다시 만나고 싶다.

두 사람은 그렇게 바랄 뿐이었다.

정령제 행사로서 왕가의 사람들이 비석에 기도를 올린 다음, 왕자들이 남아 언제까지고 기도하는 모습은 지난 몇 년 동안 당연한 일이 되어 있었다.

왕자들은 비석을 앞에 두고 둘이서 1년 동안의 일을 이야기했다.

『얼마 전에 이런 일이 있었어.』

『형님, 거짓말은 하면 안 됩니다! 그건 형님 탓이 아닙니까?!』

『미안, 미안. 그래서 있지, 둘이서 반크라이프트가에 놀러 갔어. 하지만 너는 없어서…….』

『저기, 엘렌. 우리는 너에게 사과하고 싶어. 언젠가 다시 만날 수 있을까? 너는 그 후로 어떻게 자랐을까?』

『한 번이라도 좋으니까 만나고 싶어…….』

형제는 축제에는 참여하지 않고 해가 저물 때까지 비석을 향해 이야기했다.

경계를 넘어, 비석 뒤편에 자리한 곳…….

그곳에서 엘렌이 매년 무릎을 끌어안고 앉아 눈물을 뚝뚝 흘리며 두 사람의 목소리가 들리지 않게 될 때까지 줄곧 이야기를 듣고 있다는 걸, 두 사람은 알지 못했다.

＊

텐바르성에서 왕가의 저주를 마주한 후 한동안 잠들어 있던 엘렌은 꿈속에서 왕가의 저주를 전부 보았다.

정신을 차린 뒤, 눈물을 흘리며 오리진에게 그 사실을 알리자, 오리진은 모든 것을 이야기해주었다.

텐바르의 왕은 힘을 손에 넣어 백성들을 구하기 위해 정령계로 건너가기로 결의했다.

하지만 문이 있다고 하는 곳은 여전히 알 수 없었다.

정령에게 물어보았지만 그들이 가르쳐 줄 리 없었다. 그렇기에, 그 위치를 특정하기 위해서 왕은 정령 마법사에게 협력을 청했다.

처음에 인질이 되었던 정령 마법사는 나라를 위해 자진하여 인질이 된 자들이었다.

계약했던 정령들은 간단히 속았고, 제멋대로 다루어졌다. 정령들을 사랑했던 정령 마법사들도 이런 일이 되리라고는 예상하지 못했던 것인지도 모른다.

참극은 돌이킬 수 없는 지경까지 나아갔고, 이후 격노한 대정령들에 의해 제재가 가해졌다.

"대정령들도 있지, 왕에게 저주를 걸려고 했던 건 아니었단다. 자신들이 무슨 짓을 저질렀는지 알게 하기 위해, 동포들의 외침을 들려주는 마법을 걸었던 것뿐이야."

하지만 그 힘에 편승해서, 희생된 정령들의 영혼들이 원한을 갖고 왕에게 덮쳐들었다.

"그 시대의 왕은 죽을 때까지 정령들의 비명을 계속 들어야 했어. 하지만 왕이 죽은 후 정령들의 저주는 갈 곳을 잃었지. 저주는 도망칠 곳을 찾아서, 왕의 핏줄에 붙게 되었던 거란다."

"그게, 왕가의 저주……."

"엘렌. 인간의 마음도, 정령의 마음도 이해하는 너는, 사실을 알게 되었으니 어떻게 할 생각이니?"

"어머니, 저는……."

줄곧 생각했던 것이 있다. 엘렌에게 도움을 청하던 영혼의 비명……. 그 비명은 단순히 해방을 바라고 있었다.

"어머니…… 저는 인간보다도, 지금을 살고 있는 정령보다도, 사로잡힌 채인 동포들이 외치는 바람을 이뤄주고 싶어요……."

그때의 일을 떠올릴 때마다 눈물이 뚝뚝 넘쳐흘렀다.

그들은 몇 번이고 반복하고 있었다. 그때 받은 고통을, 굴욕을, 괴로움을. 그리고 향할 곳 없는 분노를…….

그 분노를 원인이 되었던 왕에게 돌릴 수밖에 없는 정령들은 무엇보다도 그 반복되는 괴로움에서 벗어나고 싶다고 바라고 있었다.

"엘렌…… 나의 상냥한 딸이라면, 그렇게 말할 줄 알았단다."

오리진은 그런 대답을 한 엘렌에게 화내지 않고 부드럽게 미소를 지었다.

동포들이 받은 괴로움을 인간들이 잊고 있다는 사실에 분노를 느끼는 것은 당연했다.

직계라고는 하나 대를 거듭할 때마다 옅어지는 저주받은 왕의 피. 하지만 해방되지 못하는 동포들의 영혼. 지금 시대의 왕가에는 이미 동포들이 받은 괴로움이 전해지지 않고 있었다.

괴로움에 사로잡힌 동포들의 영혼은 언제까지 괴로워해야 하는 것일까?

"왕가를 용서하지 않겠다는 마음은, 그때의 참극을 반복하지 않도록 우리들이 이어가야 한다고 생각해요. ……제가 그 영혼들을 해방시켜 줄 수 있을까요?"

"……어려울 거라고 생각해."

오리진은 미안하다는 듯이 말했지만, 엘렌은 오리진의 입장과 힘에 매달리지는 않았다.

　지금까지 저주가 풀리지 않은 이유— 그것은 정령들이 왕가를 용서하지 않았다는 의미였다.

　경계를 가로막는 비석의 뒤편에서, 엘렌은 왕자들의 목소리를 줄곧 듣고 있었다.

　정령의 저주의 진짜 의미를 안 왕자들은 진심으로 사과하고 싶다고 바라고 있었다.

　인간들의 마음, 정령들의 마음, 도움을 바라는 동포들의 바람.

　그것들 사이에서 엘렌은 숨이 막혀 왔다.

　"엘렌. 네가 매년 정령제 때마다 외출하고 있다는 건 알고 있단다."

　오리진의 고백에 엘렌의 어깨가 움찔 떨렸다.

　엘렌이 이런저런 사정들 사이에서 어찌하지 못하고 있는 것도 이미 아는 모양이었다.

　"기우일지도 모르지만 전해둘게. 인간과 정령 사이에서는, 아이가 생기지 않는단다."

　"……네?"

　'그렇다면, 나는 대체…….'

　"엘렌은 있지, 로렌이 반정령이 되었기 때문에 생긴 기적 같은 존재야."

　오리진은 미소 띤 얼굴로 말했지만 엘렌은 창백해졌다.

　"이건 아버지에게는 비밀로 해야 한다? 원래대로라면 로벨은 10년 전에 죽었어야 했어. 나는 그걸 받아들일 수 없어서, 로벨의 몸

을 본인 몰래 다시 만들었지."

"……어머니?"

그 말의 의미를 믿을 수 없었다. 무슨 말을 하고 있는 것이냐며
머릿속이 어지러워졌다.

"인간은 원래 내가 만들어낸 인형으로, 거기에 자아를 갖게 한
것에 지나지 않는 존재였지. ……설마 그런 일을 저지를 거라고는
생각하지 못했지만. 하지만 동시에 사랑스러운 존재이기도 했단다.
그들을 지켜보는 것은 우리들에게 있어 오락이기도 했지."

"……."

"원래부터 로벨에게는 내 힘을 빌려주고 있었단다. 나는 만들어
내는 것밖에 하지 못해. 뭔가에 영향을 주는 힘은 로벨을 통해서
만 쓸 수 있어. 하지만 그 세월은 로벨의 몸에 익숙해지기에 충분
한 시간이었단다. 그렇기에 가능했다고 할 수 있어. 내 힘에 익숙해
진 영혼과 기억을, 정령의 소체(素體)에 옮겨 담은 거야. 하지만 아
무리 내 힘에 익숙해져 있다고 해도 본래 인간으로서의 소체였던
탓에 부부의 연을 맺자 거부 반응이 일어났지…… 내 힘이 너무 강
했던 거야."

로벨이 인간계로 돌아가지 못했던 이유였다.

"아버지와 어머니가 부부가 되었기 때문에 아버지가 반정령이 되
었다고 들었는데, 그게 아니라는 건가요……?"

"로벨이 눈을 떴을 때는, 몸은 이미 다시 만들어진 상태였지. 그
래서 고작 1년 만에 깨어날 수 있었던 거야. 원래대로였다면 그대

로 끝날 일이었는데…… 나는 로벨을 사랑했어."

"……그러니까, 맺어질 리 없었던 두 사람이 맺어진 탓에, 아버지의 힘이 폭주해 버렸다는 건가요?"

"그래, 맞아. 그때는 깜짝 놀랐어~."

오리진은 설마 그리될 거라고는 생각하지 못했던 모양이었다.

정령으로서 다시 만들어진 몸에 여신의 힘을 불어 넣었다. 하지만 과잉으로 주입된 힘을 견디지 못해 폭주하고 말았다는 것이 진상이었다.

게다가 오리진의 힘의 본질은 창조였다. 살아 있는 것을 만들어 내는 시초의 힘은 서로 뒤섞여 엘렌이라는 존재를 만들었다.

"엘렌."

오리진은 딸을 끌어안으며 귓가에 속삭였다.

"내가 이런 말을 하기는 그렇지만, 이 이상 저주를 받은 인간 편을 드는 건 그만두려무나."

그것은 정령으로서, 여신으로서, 그리고 어머니로서의 충고였다.

■작가 후기

처음 뵙겠습니다. 마츠우라라고 합니다. 이렇게 이 작품을 읽어 주셔서 정말로 감사드립니다.

평소 취미로 그림을 그리던 제가 설마 소설을 쓰고 이러한 자리에 있다는 것에 지금도 놀라움을 감출 수 없습니다.

도중에 손가락이 탈구되어 재활이 길어졌고, 그 탓에 전혀 쓸 수 없는 시간이 있었습니다.

그때도 많은 분들께 격려를 받았고, 조금씩 다음 이야기를 쓰고, 이렇게 형태를 갖추어 출판에 이르게 된 것은 모두 여러분 덕분입니다.

인터넷상에서 응원해 주신 분들, 구입해 주신 분들, 읽어 주신 분들, 담당 K님, M님, T님, 교정자님.

멋진 일러스트를 그려주신 keepout 님. 정말로, 정말로 감사합니다!

다음 작품으로 다시 만날 수 있기를 기도하겠습니다. 감사합니다!

아빠는 영웅, 엄마는 정령, 딸인 나는 전생자. 1

초판 1쇄 발행 2019년 9월 10일

지은이_ Matsuura
일러스트_ keepout
옮긴이_ 이신

발행인_ 신현호
편집장_ 김은주
편집진행_ 최은진 · 김기준 · 김승신 · 원현선 · 권세라
편집디자인_ 양우연
국제업무_ 정아라 · 전은지
관리 · 영업_ 김민원 · 조은걸 · 조인희

펴낸곳_ (주)디앤씨미디어
등록_ 2002년 4월 25일 제20-260호
주소_ 서울시 구로구 디지털로 26길 111 JnK디지털타워 503호
전화_ 02-333-2513(대표)
팩시밀리_ 02-333-2514
이메일_ lnovelpiya@naver.com
ㄴ노벨 공식 카페_ http://cafe.naver.com/lnovel11

ISBN 979-11-278-5214-6 04830
ISBN 979-11-278-5213-9 (세트)

값 9,000원